ハーレクイン文庫

架空の楽園

ペニー・ジョーダン

泉　由梨子 訳

HARLEQUIN
BUNKO

RESPONSE

by Penny Jordan

Published by Harlequin Japan, a Division of K.K. HarperCollins Japan, 2025

架空の楽園

◆主要登場人物

シエナ・キング……………秘書。
ロブ・キング………………シエナの兄。外信部記者。
ジリアン・フォーブス……ロブのフィアンセ。
アレクシス・ステファニデス……シエナの上司。実業家。コングロマリットの会長。
ソフィア……………………アレクシスの妹。
コンスタンチン……………ソフィアの夫。

1

タイプライターに新しい紙を挟もうとして手を止めたシエナは、オフィスの前を通りすぎる人影を目にした。くもりガラス越しに見えたのは男の輪郭だけだったが、シエナは興味をそそられて、腰をおろしたまま、そっとドアのほうに向きを変え、書類キャビネットの引き出しを開けた。外に立ちどまった男は、ドアにかかっている案内板を読んでいるらしい。このエージェントの経営者のジリアンも、人差し指と中指を重ねて幸運を祈るおまじないをしながらささやいた。「入ってきますように！」

願いはかなえられ、ドアが内側にすっと開いた。入ってきた男の顔は彫りが深くハンサムなばかりか、どきっとするほどセクシーだ。そのグレーの目はシエナの心を一瞬のうちに見とおすかと思われた。彼女の半ば開いた唇と、ぼうっとした表情を面白そうに眺めている。

「フォーブスさんですね？」

ジリアンもシエナ同様うっとりしていたが、話しかけられてにっこりした。男の無遠慮な視線をやっと逃れたシエナは、彼の広い肩にぴたりと決まったウールのダークスーツの着こなしや、ジリアンがすすめるいすに長身をかがめて腰をおろす上品な物腰にほれぼれしながら彼を見た。

「知人がこちらのエージェントをすすめてくれたので」男は紙入れから名刺を出し、ジリアンに渡しながら言った。「仕事でロンドンに来ているのですが、あいにく秘書が母親の病気でニューヨークに戻らなければならなくなったのです。予定していた会合はキャンセルできないので、適当な代わりの人をあっせんしてもらいたいと思いましてね。こちらは数カ国語をあやつれて、速記と入力にたんのうな秘書を専門に抱えていらっしゃると聞きましたので……」

入力に向かうシエナの指は震えた。そして彼女は、そんな自分をあざけった。ここで働くようになって半年になる。その前は故郷の家で父の著作の翻訳や調べ物をし、原稿を入力したりしていた……。シエナはため息をついた。父の死は悲しかったが、全く予期しない打撃でもなかった。父は数年来心臓が弱っていたし、葬儀で兄のロブが言ったように、とても幸せな生涯だったのだ。〝パパは七十歳を過ぎていたんだ、シエナ〟ロブは優しく言った。〝それに、パパはこんなふうにさよならしたかったんじゃないかな――長患いもせず、あまり苦しい思いもせずに〟

ロブの言うとおりだとわかってはいたが、やはり寂しかった。シエナは大学卒業以来、ずっと父のもとで仕事をし、静かなコッツウォルド村での単調な明け暮れに充分満足していた。父は中世史の専門家で、引退前は地方の大学で教え、著作は学界でいつも高い評価を受けていた。今にして思えば、二十代はじめの若い娘にとって、父との二人きりの暮らしはロブが言うようにあまりに刺激がなさすぎたかもしれない。もしシエナがその気になれば、二人に残されたいなかの家で暮らしていくだけの金には困らなかった。けれども、よどんだようなコッツウォルド村に若い身をうずめてしまうことはない、というのがロブの考えだった。兄のすすめにしたがって、シエナはジリアンのエージェントで、フリーの派遣秘書として働くことにした。ジリアンはロブの大学時代からの知りあいで、二人は互いにひかれあっているとシエナはひそかに確信している。だが、二人とも、まだそれを認める気はなさそうだ。

ロブはある全国紙の外信部記者をしている。シエナより四歳年上のロブは、シエナが十代のころはいかにも兄という感じだったが、今は対等の間柄になり、兄妹《きょうだい》のきずなはますます強くなっていた。ロブは自分では認めたがらないが、自分で思っている以上に父親に似ているとシエナは思う。シエナの目に父は〝紳士らしい〟としか言いようのない資質の持ち主だった。その父の古風な優しさ、他人への思いやりをロブもまた受けついでいる。ロブは百戦錬磨の、したたかなジャーナリストというふうに見られたいのかもしれない。けれども、ロブが父親そっくりの、物静かで控えめな態度で他人を助けているのをシエナは見たことがある。

つい昨夜、ロンドンに出てきてよかっただろうとロブに言われ、シエナもそれを認めた。ロブはまた取材に出かけるところで、二人はアパートのホールで立ち話をしただけだった。シエナは適当な住まいが見つかるまでロブのところに身を寄せているのだが、自分が同居しているために、ロブの日常が窮屈になっているのではないかと、時々気になる。ロブがアパートにだれかと一緒に住んでいたということはなさそうだが、それでも、ロブも男としての魅力にあふれた二十八歳の青年だ。妹以外に女っ気がないとか、デートの相手の家の玄関でつつましくおやすみのキスをするだけだと思うほど、シエナもうぶではない。

シエナはすっかり物思いにふけっていたことに気づいてはっとし、二組の目に見つめられていたことがわかると、顔を赤らめた。ジリアンの目はいぶかしそうだし、もうひとりの目はあからさまに面白がっている。ただ面白がっているだけでなく、何か別のものがまじっていて、それがシエナの血をうずかせた。奇妙な、くらくらする興奮が体の中を渦を巻いて通りすぎていく。こんな感じははじめてだ。いったいどうしたの、と自分をたしなめる。以前読んだ文章がぱっと心に浮かんだ。〈……彼女は下着をまとっただけのあられもない姿で、地のはてまでも、彼についていこうとしただろう……〉カリスマ的で危険な人物、ボスウェルへの、スコットランド女王メアリーの恋について書かれた一節だ。その瞬間、シエナのシェリーブラウンの目は、心の中まで見とおすような、あざけるようなグレーの目とぶつかった。シエナはメアリー女王が感じたものが何か、今はっきりとわかった。

「ステファニデスさんはロンドンご滞在中、数カ国語にたんのうな秘書がおいり用なの、シエナ」ジリアンが繰り返した。「今のところ、あいているのはあなただけだとお話ししたところよ……」

「わたしをお望みですの？」

その言葉を口にしたとたん、シエナは恥ずかしさで赤くなった。どうしよう、ただでさえ、ぼんやりしていると思われていたのに、それを上塗りするような、ばかな口のきき方をしてしまうなんて。

「あなたさえよろしければ」

彼のグレーの目は濃さを増し、その深みから、まぎれもない思いを伝えてくる。シエナはうろたえ、胸が高鳴った。指は無意識に、のどもとの金の鎖をまさぐる。すると、彼の長い小麦色の指がつと伸びて鎖に触れ、下げている金のメダルを手に取った。指がシエナの肌をさっとかすめたとき、まるで全世界が震えるようだった。

「太陽神アポロだね。ギリシアで買ったの？」

おざなりの、まるで気のないきき方だ。そのメダルはちょっと気のきく旅行者なら、ギリシアみやげに買ってきそうな品だ。手のぬくもりが残るメダルが胸に戻ったとき、シエナは体の中にわいてくる感情にぼうっとなったまま、上の空で返事をした。

「おみやげです」舌がほんとうにはれてしまったのだろうか。それとも、こんなに声がかすれるのには、何か別なわけでもあるのかしら。「去年、兄が買ってきてくれたんです」

彼が一歩後ろに身を引くと、シエナはぞくっと寒気を感じた。まるで、体から急に太陽のぬくもりが引いてしまったようだ。四月の弱い日差しを雲が遮ったのかと、窓の外に目を走らせたが、そうではない。

「シエナ、ステファニデスさんは、今一緒に来てほしいとおっしゃるのよ」ジリアンが言った。

「どうぞ、アレクシスと呼んでください」と彼が口を挟んだ。そのなめらかな声に、ジリアンのほおにもシエナ同様うっすらと赤みが差した。腕時計をのぞきこみながら彼が続ける。「車はパーキング・メーターに止めてあります」

彼の腕時計の幅広で薄手の金のバンドがシエナの目を引いた。彼の清潔なシャツの袖《そで》口から数センチのぞいている、小麦色に日焼けした肌を目にしたとき、彼の体をもっと見たいという気持がこみあげて、胃のあたりがきゅっとなる。いったい、わたしはどうなってしまったのかしら?

やっとのことで、シエナは自分の反応を皮肉な気持で面白がるゆとりを取り戻した。わたしがこんな気持になるなんて思ってもみなかった……男の人を見て、ただすてきだと思う以上の、これほどの強い欲望を感じるなんて。手を伸ばして彼に触れたい、心に秘めた思いや欲望を告げてしまいたいという気持を抑えるのが精いっぱいだ。ジリアンと彼が打ちあわせをしているのを聞きながら、いつの間にかシエナは、頭の中で彼を裸にしていた。みだらな気持ではない。心の奥深く根ざした本能が知っている、衣服の中の男の美しさを静かに賛美していたのだ。彼が出ていくとき、シエナはかすれた声でやっと返事をすることができた。乱れた気持を悟られずにすめばいいのだけれど……。彼が行ってしまうと、シエナは茶色の目をうっとりと見開き、体中の力が抜けたようになって、いすに身を沈めた。

「すてき！」ジリアンは目玉をくるくるさせ、にやっとした。「あれこそ男っていうものだわ！　何者だか知ってるわね？」ジリアンは急に仕事第一という感じになって言った。すっかり興奮していてシエナの返事がないのにも気づかない。「ヘラス・ホリデーズの会長よ！　うまくやってよ、シエナ。そうすれば、うちのエージェントも成功疑いなし！彼が大金持の友達を紹介してくれたらいいわね。大型ヨット上での仕事とか、三十分の口述筆記をするのにアテネに飛ぶとか……。ちょっと、シエナ、夢でも見てるの？　目を覚まして！　何を考えていたの？」

シエナはぱっと赤くなった。今考えていたのは、アレクシス・ステファニデスとベッドをともにすることだと正直に言ったら、友人でもあり、雇い主でもあるこの人はいったいなんと言うだろう。シエナはまだすっかりぼうっとしていた。今まで自分の中にこれほどの反応を呼び覚ます男に会ったことはなかった。もちろん、ボーイフレンドはいる。だがそのだれとも本気ではなかったし、ましてこの長身のギリシア人と分かちあいたいと望んでいるような親密な関係は、ただの一度も望んだことはなかった。

「しっかりしてちょうだい。彼は五分で戻ってくるわよ。今一緒にサボイに行ってほしいんですって——ペイもいいし、時期的にも好都合だわ。今週、あなたの仕事はほかに入っていなかったもの。彼のロンドンでの仕事が最低二、三日は続くように祈るといいわ。お金はあるに越したことはないもの」

二、三日ですって！　自分の反応の激しさに圧倒され、シエナは身を震わせた。ぞくぞく震えたり、かっと熱くなったりする。茶色の目は熱を帯びてきらきらし、北欧系の母親ゆずりのブロンドの髪は柔らかくカールして肩にかかり、ほっそりした一メートル六十五センチの体はわきあがる感情を抑えようとして、目につくほどに震えていた。夢にも思わなかったことが現実に起きてしまった。一目で恋に落ちたのだ。

シエナはまた身を震わせた。十代の小娘ではあるまいし、もう立派な一人前の女性なのに、こんなふうになるなんてどうかしている。でも、そう自分に言い聞かせても、なんにもならない。シエナの中に深く根ざした本質的な何かが、ふいに芽生えたのだ。本能的にシエナは悟った、自分を翻弄《ほんろう》するこの感情は、そのために自分が生まれてきたものなのだ、と。それは運命の神ネメシスの定め……。アレクシスにキスされ、触れられることを想像せずにいられない。彼の指が肌をかすめたことを思い出すと、甘い震えが肌を走る。何人ものデートの相手に、冷たいとか堅苦しいとか言われてきたこのわたしが！　それを思うと大笑いしたいくらいだが、欲望や情熱という感情は自分には無縁だと思いこんでいたふしもある。それが今、そばに来るようにとほんのわずかでもほのめかされたら、プライドなどかなぐり捨てて飛んでいきたい気持になっている。

ふいにあることに気づき、言葉が口をついて出た。「あの人、結婚してるのかしら？」

ジリアンは顔をしかめた。「何を考えていたの？　書類を読まなかったの？　結婚はしていないわ」シエナの顔を見ると優しい口調になる。「でもね、もしわたしが想像しているようなことを考えているのなら、忘れてしまいなさい。彼はギリシアの神みたいに見えるけれど、あまりにも人間的な人よ。それに、冷酷で、傲慢《ごうまん》だといううわさだし。女にかけては悪名高い人よ、シエナ。それに、結婚相手なら同国人の娘を選ぶと思うわ、貞節なギリシアのバージンをね」ジリアンはわかっているというふうに、手を上げて続ける。「ええ、知ってますよ。少なくとも見当はつくわ、一つの点であなたが条件を満たしていることはね。それに、彼にすっかりまいってしまったこともわかるわ。とがめているんじゃないの。あの魅力にはかなわないもの。でも、あなたはロブの妹だし、それに、いろいろな面で少しうぶだし……」

「わたしは二十四歳よ」シエナはつんとして答えた。「あなたより二歳年下なだけだわ」

アレクシスが戻ってきたので、シエナは話をやめ、ハンドバッグとコートを手に取った。うわべだけでも落ち着いて見えますようにと思いながら、にこやかな表情を浮かべようとする。だが、ドアを開けた彼はにこりともせず、じっとシエナを見つめるだけだ。その顔には、あからさまな欲望が浮かんでいて、シエナの体はとけていってしまいそうだった。言葉にならない言葉で彼が語りかけている、〝きみが欲しい〟と。そして、シエナも無言のうちに答えたようだ。〝わかっているわ、わたしも同じなの〟

「用意はいい？」今度は彼も笑顔を向けたが、シエナにではなく、ジリアンにだ。「仕事がどのぐらいかかるかわかりませんが、シエナを帰したら、ここあてに請求書を送ってください」彼は住所を書いた紙をジリアンに渡すと、シエナを先に通そうとしてドアを押さえた。背中に置かれた彼の手を、薄手のウールを通して焼けるように感じる。シエナがロンドンに出てきたとき、ロブは、服装をすっかり新しく整えるようにすすめてくれた。今着ているオフホワイトのウエスト丈の襟なしジャケットにソフトプリーツのスカートの組みあわせも、そのときに買った一着だ。シエナは重役秘書のイメージに合った服を選ぶように心がけた。故郷の家ではたいてい、プリーツスカートにジャンパーといったカジュアルな服装をしていた。大学講師の妻だった母が選んでいたのと同傾向のものだ。

母はシエナが十四歳のとき他界した。当座はとても寂しかったが、そのときはもう寄宿学校の生徒だったし、母のいない寂しさにもだんだん慣れていった。今アレクシス・ステファニデスのあとについて明るい春の日差しの中に出たとき、シエナは、母が生きていてくれたら、今自分が味わっているこの思いもかけない感情を打ち明けられるのに、という思いにかられた。

女はだれでも宿命で結ばれた男に対して、こんなふうに感じるのだろうか？　宇宙を引っくり返してしまうほどの力を備えた男に対して。これまでは、性的に冷たいほうだと思っていた自分がこれほどの強い欲求を覚えることができるとは！　ただ彼を見るだけで、うなじにかかる黒々とした髪を見つめるだけでぞくっとし、自分の指が彼の髪をなでる感触や、自分の胸に感じる彼の心臓の鼓動を想像してしまう。

シエナはまた震えはじめ、車の助手席のドアを開けてくれた彼の声にびくっとした。

「どうぞ、お乗りなさい」

その言葉はよそよそしく型どおりだが、見つめるまなざしはよそよそしくも型どおりでもなく、ふいにシエナは二十一歳の誕生パーティーで、シャンパンを二杯飲みほしたときの気分を思い出した。ただ今度は幸せの泡がほんとうに体の中ではじけているような感じだ。ベンツのぜいたくなシートに身をすべりこませたとき、シエナは白昼夢を見ているような気がしてかすかに首を振った。けれども、横に乗りこんだアレクシスが笑顔を向けると胸がどきどきして、そんな思いもすっかり消えてしまった。

「シートベルトはオートマチックだよ」優しい声だ。「ほら、やってあげよう」

シエナの力の抜けた指からベルトを取ると、少し身をかがめて、手早くスロットに差しこむ。シエナはがっしりとしてあたたかい彼の体を身近に感じ、器用な指の動きに見とれていた視線をその横顔に移した。胸がどきんと高鳴り、彼に触れたくて、指がむずむずしてくる。彼が豊かな財力と洗練された趣味の持ち主で、金で求めることのできるぜいたくに慣れきった男だということは、すぐに見て取れる。だが、シエナを引きつけるのは内側にある男そのものなのだ。金持ちであろうとなかろうと、彼は同じようにわたしを引きつけるだろう。わたしだけではない、そう思うと、胸がまたどきんとした。彼はたいていの女性なら逆らうことのできない性的な磁力のようなものを持っている。ふいにシエナは彼のすべてを知りたくなった。子どものころの彼、成長期のころの、青年のころの……と考えていく。彼がシートベルトを締め、体を起こしたとき、腕がさっとシエナの胸をかすめた。

シエナの体はびくっと震え、その緊張は相手の体にも伝わった。

触れていたのはほんの数秒だったが、シエナは自分の体が反応したことを感じたし、アレクシスも体を硬くして、はっと息をのんだところを見ると、それに気づいたらしい。彼はシエナのほうを向いて薄手のウールのジャケットに覆われた柔らかいふくらみに目をとめた。

シエナは口の中がからからになった。もし彼が望むなら、今ここでわたしを抱くこともできるし、わたしも進んで身をささげようとするだろう。彼は向きなおると、自分のシートベルトを締めた。車をスタートさせる彼の指の関節がなめらかな皮膚の下で光っているのを見たとき、シエナは彼に会ってから自分が抱いた思いや感情は、すべて相手も承知し、ともに抱いていたことを感じ取った。

彼が昼休みの混雑した通りを、大型車をたくみにあやつって進む間、シエナはこれまで経験したことのないめくるめく思いを抱いて、このすばらしい陶酔をこの身に許してくれた何者かに、心の中で感謝の祈りをささげていた。人間の幸せがぶらさがっている細い運命の糸のことを考えると、恐ろしい気がする。もし、アレクシスが彼の知人にうちのエージェントを紹介されなかったとしたら、もし、わたしがその場にいあわせなかったとしたら……。

「さあ、着いた」冷たい、少しかすれた声がシエナの物思いを断ち切った。車のドアを開けたボーイに、アレクシスは何か言ってチップを渡した。ロビーに入り、厚いじゅうたんの上を、アレクシスはゆったりとした大きな足取りでエレベーターに向かい、シエナは遅れまいと小走りについていった。

アレクシスは広い続き部屋《スィート》を取っていた。机には高価な電子タイプライター、それに、小型コンピューターのキーボードとディスプレー装置が備えられている。別の机には電話が三台と、書類でいっぱいの未決箱がのっている。シエナは一日でだいたいのようすを見て取った。周囲のぜいたくさは別としても、シエナにはもうおなじみの道具立てだ。タイプライターは以前使ったことがあるタイプのものだし、コンピューターを使うようにと言われても問題はない。ロンドンに出てきたばかりのとき、コンピューターの講習を受けておくようにとすすめてくれたロブの先見の明に心の中で感謝しながら、コートを肩からすべらせる。手を貸すアレクシスのあたたかい息がうなじの毛をなぶり、彼の手を腕に感じて、シエナは身を硬くした。

体の震えが止まらない。頭の半分はまだもうろうとして、たった今、知りあったばかりの人の腕に身をゆだねたいと思うなんてと、ぞっとする思いでいる。けれども、シエナの中にある、永遠に女性的な部分は、本能にしたがって心が語りかけることに耳を傾けるようにとうながしている。そして、道徳の制約などは無視するようにと……。

これまで、自分に恋人がひとりもいなかったことを思うと、激しい歓《よろこ》びがこみあげてきた。アレクシスの腕の中に見いだす歓びに傷をつける過去は何もない。この人に、ただこの人だけに身をゆだねたい。

シエナのコートを脱がせたアレクシスはそれをコートかけにかけた。彼をじっと見ているうちに、シエナの体は細かく震えてきた。彼がそばに戻ってきてシエナの肩に両腕をかけ、じっと見つめる。シエナは自分の顔と目から、彼が何を読み取っているかを知りながら、愛と崇拝の気持を隠そうともせず見つめ返した。

「きみの目が雄弁に語っていることはほんとうなんだね。今ぼくに抱いているような思いは、これまでだれにも抱いたことはないんだね」

答える暇も与えず、唇がシエナの唇をかすめたが、シエナが唇を開くのを感じると、しっかりと重ねられた。

もし、幸福に酔いしれるということがあるなら、今感じていることがそれに違いない……シエナは目がくらむ思いだった。シエナの唇をはなれたアレクシスの唇はじらすように顔の上をさまよい、震えるまつげに触れてまぶたを閉じさせ、あごの柔らかい曲線をたどる。彼の唇で耳やなめらかなのどを愛撫《あいぶ》されたシエナが無意識のうちにこたえるのを感じて、彼の手に力がこもった。シエナは恥ずかしさも忘れて、体を弓なりにそらした。

再び唇へと戻ったアレクシスのキスが激しさを増し、手はシエナの腿におりてきつく抱きしめた。長いキスが終わり、ゆっくりシエナをはなすと、彼は一歩後ろに身を引いた。そして彼女のぼうっと上気した顔を見おろし、たった今、あれほど激しく求めた唇を親指で優しくなぞった。「そう……これで、はじまったんだ……」

「あなたも……あなたもそう思ったのね？」シエナはためらいがちに尋ねた。自分の気持を正確に言い表す言葉をけんめいにさがしたけれど、うまくいかない。シエナはこの言葉で充分とは思えなかった。なにしろ二時間前には、この人の存在さえ知らなかった。それが今……今は、この人のこと以外、何も目に入らないほど、愛してしまっているのだから。

「ぼくもそう思った」二人の間にじらすようにわずかな距離を置いて、アレクシスは言った。「ぼくたちは一緒に世界を揺るがし、そのかすかなおののきを感じ取ろう。ぼくがきみを完全に自分のものにするとき、ぼくたちは永遠の存在になる。その歓びを、きみはまだ知らないんだね。ほかの男がだれも教えなかったことを教えよう。ぼくがきみの最初の男になるんだ」

その言い方には強い確信がこもっている。シエナははっと息をのみ、相手の顔を見つめた。まるで彼がわたしについて、何もかも承知しているような言い方だ。シエナはその言葉に、「そして最後の……」とつぶやくのが精いっぱいだった。のどにかたまりがつかえて、口がきけなくなったような感じがする。彼はそんなシエナを見て、のどの奥でかすれた満足そうな音をたてて笑った。シエナは、自分がバージンだということが相手を喜ばせているのがわかった。

「そうだよ、恋人同士になるんだ、きみとぼくが。でも、今日じゃない……まだだ。まず、恋人同士になったときを想像してみよう。それに、仕事もあるし。秘書が必要なのはほんとうなんだ」

仕事？　これから？　シエナは言葉もなく相手を見つめた。だが、時間がたつにつれ、彼が冗談を言ったのではないことがわかってきた。恋人から雇い主へと彼が気持をすばやく切り替えられるのには驚くばかりだ。口述筆記に神経を集中させようとする間も、シエナは彼の男っぽさをぴりぴりと感じてしまう。ズボンの下のたくましく盛りあがった腿の筋肉、体にぴったり合ったシルクのシャツに包まれた幅の広い肩、分厚い胸が気になって仕方がない。

その午後、シエナはアレクシスの手広い事業内容の概略をつかんだ。彼はヘラス・ホリデーズの会長をつとめるだけでなく、国際的な航空会社を持ち、島々には貸し別荘を持つほか、オリーブ園、さらにはカリフォルニアのナパ・バレイのぶどう園の経営にも関与している。そのぶどう園は母親からゆずられたもので、彼の言葉のはしばしから察すると、母親はイタリア人とアメリカ人の両親から生まれたらしい。彼がギリシア人にしては背が高く、皮膚の色もそれほど浅黒くないのは、母方の血のせいだろう。ギリシア古代彫刻の美を受けついだような、端整な顔の中で、ただグレーの目だけが調和を破っているのもそのためと思われる。

二人は六時まで休みなく仕事を続けた。終わったとき、シエナはぐったりと疲れはてていた。アレクシスが英語で口述したものを、シエナはフランス語とドイツ語に翻訳しなければならない。翌日の午前を翻訳にあてるようにと言われたときは、ほっとした。

「午前中はほとんど会議に出ている」アレクシスはシエナの顔を見てにっこりした。沈みかけた太陽の光が窓から差しこみ、アレクシスの顔に影を落としており、どこかシニカルで残忍な感じに見える。冷たくつきはなした態度で観察されているようで、シエナは思わず身震いをした。だが、彼が動くとその感じは消え、シエナは心の中で笑った。おばかさんね、光線のいたずら――それだけだわ。そばに来たアレクシスは彼女に手を貸していすから立たせ、力の抜けた指から紙と鉛筆を取りあげた。シエナのぼうっと上気した顔を両手で挟んで、じっと見つめる。「明日は仕事をしなくてはならない。だが、まだ今夜がある。夕食に誘ってもいいね？」

いいかですって？　シエナは唇をなめた。そのしぐさを追うアレクシスの目が燃えるのを感じて、シエナは体を震わせた。

「いや、今夜のうちにベッドに連れていきはしないよ」シエナの心を読んでつぶやく。

「でも、いつか、そう遠くない日に、きみがその気になったら、きっと」

わたしは今でもいいのに、そう言ってしまいたい。シエナは自分の慎みのなさと彼を求める気持の性急さにあきれる思いだった。アレクシスが笑顔で尋ねた。

「八時半までに支度できるかい？　九時にテーブルを予約しておくよ。運転手にきみを家まで送らせよう。あいにく、ぼくはニューヨークから大事な電話が入ることになっていて、送れないんだ。きみはひとり暮らし？」

プライベートなことをきかれるのはこれがはじめてだと気づいて、シエナは驚いた。なぜか、互いの身の上ばなしをするのはいけないことのような気がしていたのだ。シエナはつぶやくように答えた。「いいえ……兄と一緒です。兄は記者ですが、今は取材で外国に行っています。両親はもう亡くなりました。父が亡くなったとき、兄がこちらに呼び寄せてくれたのです。それまでわたしはずっと故郷で父の仕事を手伝っていましたので、ひとりになってしまうと、どうしていいのかわからなくて」

「兄さんをとても好きなんだね？」

シエナは顔をしかめた。相手の瞳の色が濃くなり、声がそっけなくなったのが不思議だ。まさか、ロブに嫉妬《しっと》するわけはないだろうに。「ええ、兄はだれにでも好かれています。すてきな兄ですわ。親切で、思いやりがあって……」

「それで、その親切で思いやりのある兄さんには、決まった女性がいるの？」

シエナはその言葉に皮肉な調子を感じて、口ごもった。「さあ……」ロブがジリアンに抱いている気持をしゃべることはいけないような気がする。

「そう……では、きみがそんなに崇拝しているすてきな兄さんは、きみと特定の女性についての話をしたことがないんだね？」

きっと、嫉妬しているんだわ。こんなにロブを嫌う理由はほかにあるはずはないし、にがにがしげな声には、憎しみさえ感じられる。「一度も」シエナはきっぱりと答えた。

「もう行ったほうがいい。運転手が待っているよ」

急に話題が変わったので少し面食らったが、シエナはその言葉にしたがうことにした。アレクシスの家族や生いたちについては、今夜尋ねることができるだろう。彼女はドアのところに行くとコートをはおり、バッグを取りあげた。

「それから、シエナ……」

気が変わって、一緒にいてほしくなったのかしら。彼がにこりとすると、暗い顔つきにあたたかさが戻り、シエナは近寄って彼に触れたくなった。「はい？」

「今夜は今の服より、もう少し体の線がはっきりわかるものを着てほしいな。ぼくのひとり寝のベッドをあたためてくれるようなものをね」彼はシエナの顔を見て、首を振った。「ぼくたちの間はかりそめの気まぐれではないし、ぼくはせいたりしない。男が一生の間味わえるものを見つけたときは、まるでそれが最後のごちそうのようにがつがつむさぼったりはしないものだ。さあ、行きなさい。さもないと、ぼくは高尚な理想をみんな忘れて、きみを自分のものにすることしか考えられなくなる」

エレベーターでおりていく間中、シエナの胸ははずんでいた。アレクシスはわたしの幸福に決定的な保証を与えてくれたのだ。わたしを求めるのは今だけではない、これから先もずっと――別れぎわの言葉はそういう意味がこめられている。アレクシスを夫とし、彼の子どもを産む、そう考えると、シエナの体は歓びに震えた。

2

アレクシスとの食事に出かける支度をしながら、シエナは二人の出会いの場面を何度となく思い返していた。アレクシスの手が顔に触れ、あたたかい唇が唇に押しつけられたときのめくるめく思いがまざまざとよみがえってくる。別れぎわの彼の言葉を思い出すと、甘い震えが肌を走った。何を着ていこうかと三十分も迷ったあげく、やっと、父のおともで大学のダンスパーティーに行ったときのドレスに決めた。

そのドレスは光沢を抑えた黒のジャージーで、詰まった丸いネックラインとぴっちりした長袖《そで》の、一見控えめな仕立てが、かえってシエナのしなやかな体の線をきわだたせる。このドレスを着たら、アレクシスはすてきだと思ってくれるだろうか。こんなにも彼を引きつけたいと思っている自分にびっくりする。これまでのシエナはいつも、女の魅力を強調するよりは目立たせないようにと心がけていたし、男の気を引くことばかり考えて装う女たちを軽蔑《けいべつ》さえしていた。あっという間に、これほど激しい恋に落ちてしまうなんて、不思議で恐ろしいくらいだ。そして、相手もわたしの思いにこたえてくれている。もし、それがこんなにはっきりわかっていなかったら、彼との間にできるだけ距離を置こうとしただろう。シエナは生まれてはじめて、片思いのやるせなさを思いやった。冷たい戦慄《せんりつ》が肌を走ったが、アレクシスに愛されていると思うと、あたたかく安らいだ気持に包まれる。

アレクシスは自分で迎えに来てくれた。戸口に立つその姿を見たとき、シエナは息が詰まりそうになった。

「おびえた鳩《はと》みたいにどぎまぎしているね。まさか、ぼくが怖いんじゃないだろう?」アレクシスは指でシエナの手首を挟むと、どきどきと打つ脈を親指で探りあて、そっとなでた。

どう説明したらいいのだろう、さっき別れて以来、頭の中で描いていた姿より、現実のアレクシスのほうがずっとすてきなこと、それに、恋に落ちると、これまでの想像とはあまりに違うことばかりで、気弱になり、自分の新しいもろさにおびえさえ感じていることを。昨日までその存在さえ知らなかったのに、今やこの人なしの人生など思いもよらない。アレクシスはその思いがわかっているかのように、シエナの手首を唇にあてた。唇から伝わる熱は快楽の波となってシエナの血管を脈打つ。熱い視線がシエナの顔と全身をゆっくりとたどった。

「ほんとうに恐ろしいことだね。ぼくもそう感じていた。幸せが——人生そのものが、別の人間にこれほど左右されるなんて」

「それなら、今までそんなふうに感じたことはなかったの？」ジリアンの話では、アレクシスは三十三歳で、その名は数多くの美女たちの名とともにうわさにのぼったという。その彼が、わたしに対してそんな感じを持つとはとても信じられない。

「きみに感じた思いを、ほかのどんな女性にも感じたことはない」その言葉にはまぎれもない真実の響きがこめられていた。「ああ、シエナ、そんな目でぼくを見てはいけない。まだ男に抱かれたことがないというのに。それは抱いてほしいと言っている目だよ」

「そう言っているの」シエナは恥ずかしそうにささやいた。こんなに深く激しい感情に襲われることがあるなんて、信じられない思いだ。「これまでこんな目でほかの男の人を見たことがないから、まだバージンなの。あなたの前にだれも愛したことはないのですもの……」

「それに、ぼく以外はだれも愛さないだろう。決して忘れないように、きみの心と体にぼく自身を焼きつけておこう。ぼくにはもうわかっている。きみがぼくの腕の中でどう感じるか、ぼくが唇に感じる味わいも、どんなに甘くぼくの名を呼んで身をまかせるかということも」

　彼は指をシエナの豊かな髪にすべりこませ、抱き寄せた。シエナはうっとりと身をまかせたが、彼が急に顔を上げたので取り残されたような気持になった。口には出さない彼女の不満を見て取ったアレクシスは口もとをほころばした。

「とても慎み深くて、まさにイギリス的だ」シエナの唇を親指で探りながらつぶやく。「でも、ぼくはそんな慎みや礼儀正しさは忘れさせてみせる。ぼくの腕の中では、自分が女だということしか考えられなくなるさ」彼の瞳は真剣な色をたたえ、静かなほほ笑みが狂おしいまでに激しくなったシエナの鼓動を静めた。「ぼくは優しくて、おとなしい恋人になるとは約束できないよ、シエナ、きみに対する気持はそんなものじゃない。思いなおして引き返したいなら、まだきみをはなしてあげられる今が潮時だよ」

この人は知っている！　彼を愛しながらも、わたしがどんなに恐れているかを。そう、わたしは深くて危険だとわかっている水中に目隠しして入っていくかのように恐れおののいている。それを彼は知っていて、引き返す機会を与えてくれようとしている。シエナは相手の笑顔に、ためらうような笑顔でこたえた。

「引き返したくないわ」かすれた声になる。「あなたがジリアンのオフィスに入ってきた瞬間、恋をしてしまったの……」シエナはあの瞬間の恐れと驚きを表す言葉をさがそうとしたが、とても無理だった。

「もし、ぼくのほうでも、きみが好きにならなかったとしたら？」

シエナはぞっとした。わたしは積極的に好ましい男性をさがしに出かけるタイプの女ではない。それに、もしアレクシスの目に欲望がたたえられているのを見なかったら、彼への思いを抑えていただろう。だが、それをどう説明したらいいのだろう？

「その沈黙が何よりの答えだ。ぼくからも愛されているという確信がなければ、きみは気持を打ち明けたりしなかったさ。かなわぬ夢を抱いて、ぼくのところで派遣秘書として働いていた。そうだろう?」

自分の気持をぴたりと言いあてられ、シエナは驚いた。彼の言うとおり、シエナは彼と生活をともにする女性たちをうらやみはしても、彼女たちと張りあうことなど、とてもできないでいただろう。

「そんなに神妙な顔をしないで」アレクシスはシエナのあごを優しくなで、上を向かせて彼女の目をのぞきこんだ。「オフィスのドアを開けた瞬間、ぼくたちの間がどうなるか、すぐにわかった。でも、きみがそんなふうだから、今夜きみを抱くのはダンスのフロアーでだけにしよう。ぼくのところには進んで来てほしい、進んでというだけでなく」かすれた声でつけ加える。「自分のしていることをよくわかったうえで、ぼくがきみを求めているのと同じ切ない思いを抱いて来てほしい」

シエナは自分の気持はもうそのとおりだと言いたかった。だが、そう言われてみれば、どこか不安もある。三十分後、これまで新聞の社交欄で見るだけだった高級ナイトクラブのテーブルについたときは、気持を告げずにいたことを後悔していなかった。

彼とクラブに入っていくと、ちょっとしたざわめきが起こった。振り向かれるのが自分のせいでないことはシエナにはよくわかっていた。何人もの女性の熱い視線がテーブルに向かう二人を追う。ここで食事をしている女性をアレクシスは何人知っているのだろう。このロンドンだけでなく、関係している会社や事務所のあるほかの都市でも。そう思うと、心が揺れて、嫉妬《しっと》を感じるほどだ。でも、アレクシスは九歳も年上なのだし、過去のことは過去のことだわ。

「何か気になるかい?」彼がいたわるようにテーブルに身を乗り出したので、シエナは暗い考えを押しやった。だが、愛が喜びだけでなく、苦痛ももたらすことを思い知って、少し気がめいってくる。

注文はアレクシスにまかせた。父や兄と外で食事をするのには慣れていたが、これほど晴れがましくぜいたくな場所ははじめてだ。ほとんどの女性客は豪華な宝石や高級店のドレスを身につけている。シエナはなんとなく落ち着かなくなった。

注文してくれた料理はおいしいのに、ほとんど食欲を感じない。向かいあったアレクシスを強く意識する。高級な仕立ての服の下の体の動き、そして筋ばった浅黒い手を……。その手が自分の体に触れるのを想像して、肌が熱っぽく上気してくる。アレクシスが話をやめ、心配そうに尋ねた。

「シエナ、大丈夫かい?」

「ええ……」シエナはあわてて答えた。「ここは……とても暑いんですもの」

「そうかな?」目がおかしそうに細くなる。「ぼくは気がつかなかった。踊ろうか?」

シエナはほの暗い照明の下の狭いフロアーを眺め、相手の浅黒く男らしい顔に視線を戻した。何よりもアレクシスの腕に飛びこみたい、その思いをシエナの目は告げてしまったに違いない。彼は小声で何かつぶやいた。グラスを持つ彼の指がひどく震え、彼はグラスを下に置くと、かすれた声で言った。

「うん……わかっている。でも、今この瞬間、お互いにどんなに望んでいても、飢えにまかせてきみを求めたりはしないよ。まさか、ダンスフロアーで愛しあうなんてことはできないのだから、ここにおさまっているよりは、あそこのほうが安全だ。ここにいたのでは、息をするたびにきみの目が思いを告げ、そうとわかってぼくの体がこたえてしまうからね」

ダンスフロアーで愛しあうことはできないというアレクシスの言葉はうそだ。数分後シエナはそう思った。彼の腿の力強い動きが伝わってくると、骨がとろけそうになる。ほの暗い照明も、ゆっくりと踊れる音楽の魅惑的なテンポもありがたい。ジャケットの下にすべりこませた手に彼の心臓の鼓動を感じる。彼は両腕をシエナの体にまわして、ぴったりと抱き寄せ、そらした背筋を愛撫《あいぶ》し、唇はこめかみを軽くかすめて、じらすようなキスを繰り返す。

「こんなに震えているんだね」耳もとでささやく。「きみが欲しくてたまらなくなるよ、わかるかい?」シエナの体がこたえるのを感じた彼の胸が深く息を吸いこんで広がる。

「いや、きみは自分がぼくに何をしているのか、ぼくをどれほど燃えあがらせ、欲求で震えさせているか、まだ知らない。でも、そのうちに教えてあげるよ、シエナ」

今教えて、と叫びだしたいくらいだ。だが、音楽のテンポが変わり、それにつれて、まわりのムードも変わった。ぼうっとしたまま、彼に導かれてテーブルに戻る。それから話もしたはずだが、あとになると何も覚えていなかった。

アパートに戻ると、シエナはベッドに入って、その夜のことを考えた。アレクシスはわたしを求めていながら、せっかちにせまらずに自制してくれたのだ。みぞおちのあたりに渦巻く根深いうずきが、体中に刺すような欲求の波を送り出す。それを感じて、自制したのはわたしも同じだった、とシエナは思った。これまでの、冷静で取り澄ました娘から、まるで体の中に飢えた猫でもすみついたような急激な変わりようには、自分でもとまどってしまう。この新しい一面は、埋もれたままだったほうがよかったのではないかという暗い予感に襲われる。

朝になると、昨夜の不安は忘れ、早く身支度をしてアレクシスのもとに行きたいと気があせった。思うように動かない指がじれったい。シエナは鏡に映る自分が、もうこれまでとは違うのに気づいた。ほおに赤みが差し、目は輝いて今きらきらしたと思うと、次の瞬間、けだるい光を帯びる。気持が高ぶって食欲がわかず、コーヒーを一杯飲んだだけで、急いで家を出た。

アレクシスは部屋で手紙の束に目を通していた。シエナが入っていくと目を上げたが、手を伸ばしてもこない。

「今出かけるところだ」シエナの顔を見て、アレクシスは優しく言い添えた。「だめなんだ、キスをしてはいけないんだ。そんなことをすると、会議に間に合わなくなってしまう――あのドアの向こうにあるベッドルームより先へは行けなくなってしまう。でも、明日は土曜日だ。ドライブに行かないか? どこかで昼食でもして、夜はショーを見よう」

あなたと一緒にいられさえすればそれでいいの――シエナはそう言いたい気持を抑え、指示にしたがって、彼が戻るまでに前日の口述を文書にしておくと約束し、翌日のプランにも異存はないと答えた。

こういうふうに時が過ぎていった。昼間の仕事のうえで、二人はかなり息が合った。シエナはだんだんアレクシスの手広い事業全体について知識を増し、彼がその企業王国内部の経営すべてにわたって動きをつかんでいる鋭さに感嘆したが、時折、彼の厳しい決断にとまどうこともあった。冷酷になれる人だとジリアンが言ったのはほんとうだ。その冷酷さが、もし自分に向けられたらと思うと、ぞっとする。そんなとき、彼は書類から顔を上げ、心配はいらないとでも言うように、笑顔を向けてくる。

ロブのことはよくきかれた。最初の日に気づいたように、アレクシスはロブを恨み――

会ったこともないのに――憎んでさえいるように思われる。けれども、シエナが彼の家族のことを尋ねようとするといつも話をそらされてしまう。

一週間たち、十日が過ぎた。ある朝シエナが出勤すると、アレクシスは電話に出ていた。

「ニューヨークだ」受話器を置いてきびきびと言う。「行かなくてはならない――合併について問題が起きた」

会社の一つがアメリカのライバル会社を吸収しようとしていることは知っていたが、シエナはその言葉にがっかりした。

「いつまで……いつまで行っていらっしゃるの？」ほんとうは、いつまでひとりで待っていなければいけないの、とききたい。それにしても、彼はいつまでロンドンに滞在するつもりだろう？　ギリシアの、ミクロスという小さい島にある自宅のことを、彼は愛と誇りをこめて話していたし、そこで一緒に過ごそうと約束してくれていた。

「わからない。三週間、いや一カ月かな。法律上のごたごたを全部解決するのにはそのぐらいかかるだろう」シエナの顔色を見ると、かすれた声でささやいた。「シエナ、そんな顔をしないで。ぼくがきみを残して行きたくないのは、きみもわかっているじゃないか。それに、まだ週末がある。どこか遠くに行こうか……二人きりで」

「まあ、アレクシス！」

その目と声がシエナの思いをはっきりと告げていた。アレクシスはいすから立ってシエナのほうへ来ると、彼女を腕に抱き、激しく飢えたようにキスをした。シエナもそれと同じ激しい欲望が自分の血を熱くしているのを感じていた。

「これは〝イエス〟ってこと？　もしそうなら、行儀のよいおやすみのキスでさよならするわけにはいかなくなる。シエナ、わかっているね？」アレクシスは荒々しく尋ねた。「きみが〝イエス〟というとき、ぼくとベッドをともにすることにイエスと言っていることが。それでも〝イエス〟と言うね？」

シエナは首を振った。彼は体を硬くして、怒ったような暗い目で顔をのぞきこむ。これまで彼は決して無理強いはしないと言ってはいたが、もしシエナが進んでイエスと言わなかったら、口説き落としてでも手に入れようとするだろう。口説く必要など何もない。シエナはぜひ週末を二人で過ごしたくて、軽いショック状態に陥っているほどなのだから。

「では、どういうことなんだ？」

体にまわした彼の腕が緊張する。シエナはかすかな微笑で口もとをほころばし、そっと言った。「〝もちろんイエスよ〟っていうこと」

シエナは彼の緊張がほぐれていくのを感じ、彼の目にまぎれもない勝利の表情を認めてはっとした。彼は今度は優しくキスをし、きつく抱き寄せた。唇でなめらかなのどを愛撫する。髪をまさぐっていた指を器用に動かしてブラウスのボタンを外し、胸が柔らかくふくらみはじめるあたりの、どきどきと脈打つ肌をあらわにした。

ブラウスがのけられ、きゃしゃなレースのブラジャーでは隠しきれない曲線をたどられると、体はたちまち反応してしまう。低い歓《よろこ》びの声がシエナののどの奥深くでくぐもる。薄い布を通して熱い唇を感じると、何もまとわずその腕に抱かれ、身につけたものに邪魔されずに同じ愛撫を受けたいという苦しいほどの思いに、息が詰まりそうになる。電話が鳴ったとき、シエナは自分がどこにいるのかもわからないほど、もうろうとしていた。アレクシスが電話に出て不機嫌に答える声でシエナは自分たちがどこにいるのか気がつき、震える指で急いで服を整えた。ただ愛撫されただけでこんなに感じるのなら、すっかり身をまかせたらどうなってしまうのだろう。受話器を置いたアレクシスが後ろに立ったとき、シエナは乱れる思いにまだぼんやりとしていた。

「いきなりクリスマスに出くわした子どもみたいな顔をして」彼はシエナの当惑を面白がっている。「きみは矛盾そのものだ。うわべはとても冷たく落ち着いているのに、中はこんなにぴりぴり感じてる。ぼくたちが結ばれたときにきみの目に何が映るか、もうすっかり映し出されているよ。これまでこんなふうにきみに感じさせた男がほかにいなかったなんて信じられない。いたの？　シエナ、きみのため世界を揺るがし、きみと欲望を分かちあった男が」

シエナは首を振り、相手の目がほっとして明るくなるのを見つめた。この人は知っているのだろうか、この人を最初の男として迎え、純潔な体が欲望へと目覚めていくのをともに分かちあうことがわたしにとってどんなにうれしいかということを。

「どこか遠くの、だれにも邪魔されないところに行こう。全く二人きりになれるところにね」そう言うと、軽くキスをする。はじめて会ったときに経験した、あのくらくらした、酔ったような思いが再びシエナの身内を走り、めまいがしそうだ。「愛しているかい？」

「とっても」シエナはかすれた声で答えた。

帰宅するとロブから手紙が来ていて、帰国が遅れ、数週間先になりそうだと書いてあった。シエナはがっかりした。アレクシスがニューヨークに発《た》つ前にロブに会ってほしかった。兄に対する愛情はアレクシスとの愛に何も支障とならないことをわかってもらいたかった。けれども、二人で過ごす週末の楽しみを台なしにしたくなかったので、失望はきっぱりと払いのけ、旅行の支度に専念した。

用意したのはジーンズとセーター、外に食事に出るときのシンプルなドレス。柔らかいツイードのスーツを着ていくことにする。それに……前日の夕方、帰りがけに衝動買いをしてしまった、高価で美しい薄手の下着類。その値段を合計してみたとき後ろめたさがわきあがるのを、シエナは抑えこもうとした。前日シエナは、いつものように優雅なウインドーに見とれ、絹とレースのぜいたくな下着を見つめているうち、あれほどまでに男らしいアレクシスに、このうえなく女らしいものを身につけた自分を見てほしいと思ったのだ。

今スーツケースに大切に詰めてある絹のシフォンのネグリジェは薄いピンクで、くもの糸のように繊細な淡い褐色のレースのふちどりがついている。旅行中身につける下着はクリーム色の絹サテン。シエナは体の奥からわいてくる興奮の波を静めようとして、ぼんやりその下着を指先でなでた。

アレクシスが迎えに来る予定の時間の三十分前には支度ができていたが、気持が高ぶって朝食は満足に食べられなかった。ここにいる自分がほんとうに今夜アレクシスと身を寄せあい、その腕の中で眠るのだろうか。彼に触れ、愛を交わすことを考えると、思っただけでどきどきしてくる。そして、この週末が終わって、彼はニューヨークに行ってしまう。シエナは、ひとりここに残るむなしい数週間のことは努めて考えまいとした。

「昼食をとるホテルはもうすぐだ。おなかがすいたかい？」

あなたに飢えているだけ、シエナはそう思い、ぎごちない笑顔を向けた。はじめて会ったその瞬間から望んでいた、二人の時を過ごすという願いがかなえられるというのに、なぜこんなに落ち着かない、不安な気持に襲われるのだろう?

目的地のニューフォレストはもうすぐだった。アレクシスは小さなコテイジを借りていたが、すすめられていたホテルで昼食をとることにしていた。

「ここはもと個人の屋敷でね」車まわしに乗り入れながら教えてくれる。「新フランス料《ヌーヴェル・キュイジ》理《ーヌ》が専門なんだ」

一時間半後、シエナは彼が食後のスティルトン・チーズを切り取っているのを見ていた。

彼の手をいつまで見ていても見あきない。男性的なすらりとした手、形のよい爪、指は長く、どことなく官能的だ。出発以来の緊張がとけず、シエナはデザートは断った。なんてばかげているのだろう、と自分をしかる。これこそ自分が望んでいたことなのに、無知な十代の小娘のようにぎごちなく振る舞い、隠しきれない不安を全身に表しているなんて。もしアレクシスの気が変わって、ロンドンに戻ると言いだしたら、激しく失望するに違いないのに。

シエナはちらりと相手を見あげた。彼の表情は落ち着いてくつろいでいたが、それでも、シエナの背筋を警戒の震えが走った。こういうふうに感じるのは、シエナが純真で、何も知らないうぶな娘だからか、それとも、アレクシスの男としての魅力に圧倒されるからなのだろうか。あるいは、彼の中に獲物をねらう男を感じるからだろうか。女性の純潔が尊重され、花嫁がバージンであることが当然とされるギリシアの男なのだ。こんなふうに自分を与えてしまえば、自分を安売りしているように見えるだろうか。口では愛していると言っても、あとになって軽蔑されるのではないだろうか。

この暗い思いはどこから来たのだろう？　結婚指輪を手にするために体を取り引き材料にする女をいつも軽蔑していたはずなのに。彼を愛しているし、彼もそう言っている。それなのに、この不安な気持はどうして？　彼がニューヨークに行ってしまうから？　でも、帰ってくるのだし、二人の将来のことも話していたのに……。

「考えなおしているのかい?」アレクシスはやすやすとシエナの心を読み、秘密にしていたつもりの思いを口に出し、シエナを驚かせた。

「ええ、まあ」力づけてほしいと目で訴える。

「ベッドをともにしてほしいとぼくに説きふせてもらいたいのか?」彼は立ちあがって首を振り、身をかがめてそっとささやく。息が耳をくすぐった。「だめだよ、シエナ、そんなことはしない。自分の意思でぼくのところに来てくれなくては。きみ自身、進んで与えるか、そうでないなら、与えるな」

感情が高ぶって彼の瞳の色が暗く変わった。熱いかたまりがのどに詰まる。どうしてこの人を疑ったりできたのだろう? 決して無理強いはしないと断言している人なのに。

「どう?」ホテルを出て、車を止めたところに来たとき、彼はきいた。「気持が変わった? ロンドンに帰って、清純な乙女のベッドに戻るかい?」

あたたかい腕が腰にまわされ、アレクシスの引きしまった腰を身近に感じる。シエナは彼を見あげて首を振った。声がかすれて震える。「いいえ、アレクシス、このまま行きたいの」

彼はにこりとしたが、シエナはその笑顔に男としての勝利感と、相手に受け入れられた喜びを見た。車のドアを開けてくれたとき、身をかがめた彼の唇がシエナの柔らかい唇をかすめた。

「きみのその言葉を聞くのが、ぼくにとってどんなに大きい意味があるかわからないだろうね、シエナ。でも、あとで……今夜教えよう」

コテイジは人里はなれ、森の響きに取り巻かれたところにあり、内部には居心地のよい家具がしつらえてあった。こぢんまりとした居間はくつろげる感じがする。

キッチンには、食事があたためればいいだけに用意されていた。室内はひんやりとして、アレクシスが居間の暖炉に火をおこそうかと言ったとき、すぐ賛成したほどだった。天井は低く、アレクシスが立つと、古い梁《はり》に頭がつきそうだ。

「きみが荷物をといている間、ぼくは火をおこしているよ」彼はそう言って、暖炉の前にひざをついた。

二階のベッドルームは美しく装飾され、続くバスルームも、それにマッチした装飾がほどこされていた。あたたかみのあるくつろいだ感じは、ホテルなどよりずっと親しみが持てる。

ハネムーンで来るのならおあつらえ向きの場所だわ――シエナはあこがれでうっとりとなったが、すぐその思いを抑えつけた。だが、まるで自分が何かの誘拐計画にかかったように考えるなんて、ほんとうにばかげている。帰りたければ今からでも帰れるのだし、自分で望んでここにいるというのに。わずかな荷物を出すのに、シエナはいつまでもぐずぐずしていた。着替える必要はなかった。今着ている柔らかい、くすんだ赤紫色のスーツは、夜を過ごすのにもふさわしい装いだ。

「火がおきたよ。一杯やりたくない？」階下からアレクシスの声が聞こえてきた。その穏やかな声が高ぶる神経を静めてくれる。「ぼくのも出しておいてくれないか？」

アレクシスの衣類に手を触れて、シエナはどぎまぎした。兄や父の荷物を詰めたことは何度もあり、余計なことは考えたこともなかった。だが今手にしているのはこれからベッドをともにする男の身につけるものだ。彼女はパジャマが入っていないのに気がついた。彼と体が触れあうことを思って気持が高ぶり、瞳の色が濃くなっていく。それをだれかに見られたかのように、肌がほてる。もう彼の体を知っているような気さえしてきた。早く階下に戻り、今までのことがただの夢ではないと納得したくなり、シエナは急いで手を動かした。

「疲れた？」

ベートーベンの曲も終わり、火は消えかかり、アレクシスのグラスは空になった。夕食が済んで三時間になる。暖炉にくべた最後のりんごの枝が燃えつきて落ちる音を聞きながら、シエナは彼の肩にあずけていた頭を上げた。

「ええ……少し……」彼の体が笑いで震えているのを感じ、子どものように機嫌をそこねて、シエナは体を硬くした。この人はこれまで何度もこういう経験をしてきたに違いない。

それなのに、わたしのほうは……。

「いや、それは違うよ」

彼はまたもやこちらの心を読み取った。向きなおると、両手でシエナのほおを包む。その目は考えこむように暗く、シエナはあらためて彼がギリシア人であることを強く感じさせられた。

「前にもこういうことはあったが、今度のようなのははじめてだ……ぼくにとって、これほどの意味を持っていることはね。もう一度きく、シエナ、進んでぼくのところに来るんだね？　そうだね？」

「ええ……そうよ！」勢いこんで答える。アレクシスの魔法のような愛撫の力で疑いや恐れを吹き飛ばしてほしい。彼の口はシエナの唇を優しくかすめ、親指で柔らかな唇をなぞって開かせると、舌でふっくらとした下唇をたどる。手はのどをすべり、豊かな髪をまさぐる。そして腕に抱いた顔を仰向かせると唇を重ねた。

シエナの体はすっかりとろけ、熱いキスの下でただ感じるだけの何かに変わっていく。シエナは、肌をたどる火のようなキスにぼうっとしながら、相手にこたえて波間を漂い、ほかの何も聞こえず、口もきけず、目にも入らないほどの強い欲求に圧倒されて体を震わせた。

「シエナ……愛していると言ってくれ……ほんとうに愛しているね？」

言葉はキスのたびにとぎれ、シエナは激しい思いにすべてを忘れた。

「ええ、もうこんなに」ブラウスの下にすべりこむ手を感じて、震えながら、とぎれとぎれに答える。

「ああ、こんなことも知らないらしいね。どう？」どきどきと打つ脈を指でなでる。

「なんにも」

「なんにも？」身内に高まるものがありありとわかるほどに、彼の瞳が色濃くなる。「なんて無邪気な言い方をするんだ！　こんなに強烈にぼくを誘惑しているのも知らないで。ぼくは欲望の意味を教え、きみの目に燃える情熱の炎を見る最初の男になる。それがぼくにとってどういうことか、きみにはわかっていないんじゃないか……」

「それはもう教わったわ」震える声で言い、歓びの渦巻く中でぼうっとしていると、彼は笑って優しく言った。

「これが歓びだと思っているの？　きみは学ぶことがたくさんあるね。なんだか、大急ぎで教えたくなってきたよ」

アレクシスはシエナを抱きあげて、軽々とベッドに運んだ。シエナは彼のあたたかい肩に顔をうずめ、肌のにおいにおぼれこんだ。彼女をベッドにおろしたアレクシスはかがみこんで笑顔で見おろした。

「腕の中でひどく震えていたけれど、うれしいから？　それとも、怖いのかい？」

「両方だわ」シエナは正直に言った。「でも、うれしさが怖さを押しきりそう……」

「うれしさも怖さも欲望に押しきらせてしまおう。きみをいけにえにはしたくない。このぼくという男を求めるひとりの女としてのきみが欲しい。ともに激しく分かちあう相手として」その言葉にシエナがこたえるのを感じ取り、彼は顔を寄せて胸のあたたかい谷間に唇をあてた。指がブラウスの残りのボタンを器用に外した。「不安かもしれないが怖いことは何もないんだよ。勇気を出せば、最後に得るものははかり知れないほど大きいんだ。愛を与え、受ける喜びには、値もつけられなければ、限りもないし、決まりもありはしない」

アレクシスがブラウスの絹地をそっとわきにのけ、唇をはわせると、激しい歓びが熱い波になって押し寄せた。思わず彼の肩にしがみつき、あえぎながら名を呼ぶ。情熱とはこれほどのものなのか、とシエナは身を震わせていた。

時が止まったように思えて、何時間かたったのか、それともほんの数分しかたたなかったのか、シエナには全くわからなかった。シエナは未知への不安を忘れ、この人こそ自分の愛する人だということだけを考えていた。そして、唇に触れる相手の肌があたたかく、塩辛く、シエナが彼に敏感にこたえてしまうのと同じに、彼女の愛撫も彼を刺激し、震えさせる力を持っていることだけを感じていた。

顔を両手で挟まれ、唇に熱い唇を感じると、激しい歓びの波が渦を巻く。彼の全身の重みを感じて、体の緊張はとけ、今はうずくような欲求だけを感じる。

彼の手と唇が肌をさまよい、シエナも相手にキスの雨を降らし、甘いささやきを繰り返す。内なる声が、自分はこのためにこそ生まれてきたと叫び、彼の体が力強く押しつけられてきても、恐ろしくはなかった。

「愛しているね？」

「ええ」とシエナは低く答えた。

「じゃあ、ぼくにくれるね」声がかすれた。「きみのすべてを、シエナ……全部欲しい」

言葉はシエナの体にこだまのように響きわたり、体は自然にこたえて相手を受け入れたが、思ってもみなかった激しい苦痛にひるんだ。アレクシスのいまいましそうな言葉が遠くから聞こえた。シエナをとらえていた寄せる波のような力も、今は遠くに感じられる。歓びは消え、恐ろしいものに取って替わった。

シエナは彼の下でまだ震えながら、どんなにこの人のものになりたかったかを思い出そうとしていた。そして、痛みと幻滅の中で、やはり自分は体の歓びを充分経験できないのかもしれないという不安をけんめいに抑えつけようとしていた。

「痛かったかい？」その声は冷たく、よそよそしく、まるで怒っているようだ。彼が体をはなしたとき、シエナの中の何かがこわばった。失望させてしまったのだろうか？　彼が知っているこれまでのすべての女たちのあとでは、きっとそうなのだわ……。

「少し」シエナはうそをついた。「でも、もっとよくなるわ……この次は……」

相手にもそう認めてほしい、痛む体をいやして元気づける愛の言葉が欲しいとシエナの目は訴えた。だが立ちあがった彼は、今までシエナがあがめるように口づけしていた広い肩をすくめ、うんざりしたような、皮肉な表情を見せた。

「きっとそうだろうね。でも、ぼくとではないよ、シエナ。歓びを教えてくれる別の恋人をさがすことだね」

何を言われているのかわからない。ただじっと相手を見つめ、しびれたような頭の中に、その言葉が何度も繰り返される。

「というと……」シエナは考えをまとめようとしたが、そのかすれ声のささやきを遮って、アレクシスはぶっきらぼうに言った。

「ぼくの言っているのは、計画をなし遂げたということだ。きみの兄さんがぼくの妹の純潔を奪ったように、ぼくはきみの純潔を奪ったんだ。ぼくのほうが少しは品よく扱ったけれどね。妹はレイプされたんだ！」

「レイプですって！」シエナは事のなりゆきがわからず、彼の言葉の意味を理解しようとけんめいだった。自分の恋人だとばかり信じていた男はどこに行ってしまったのだろう。その代わりにここにいる見知らぬ男はだれなのだろう。「でも、わたしを愛しているって言ったわ……あなたが……」

「なんてうぶな！　女をベッドに連れこみたいとき、男はだれでもそう言うものだって母親に聞かされていなかったのか？　きみはほんとうにだましやすかったよ。簡単すぎるくらいだった」

シエナはそのあざけるような、浅黒い顔に目を走らせた。どうしても、その冷たい、はっきりした唇の輪郭に目が吸い寄せられる。吐き気と自分をさげすむ気持がこみあげてくる。ああ、なんてばかだったんだろう！　アレクシスは正しい。わたしは自分から彼の思いのままになったのだ。残酷なうそにすぎない愛の言葉でやすやすとハートを盗ませ、大切な夢をこわすように仕向けたのだ。

「飲みなさい」コップの水が目の前につき出される。「ぼくの妹のように扱われなかったのを感謝すべきだね。残酷に、無理やり……」

「ロブはそんなことはしないわ——わたしにはわかってるわ！　あなたが憎い！」声は怒りに燃え、低く震えた。

「憎い？」彼は唇をゆがめた。「ぼくをどんなに愛しているか、ぼくだけがきみの心をつかんでいると言ってから、半時間もたっていないよ。寝るんだね。朝になったら……」

朝？　あんなことを言ったあとで、わたしがこのままここに残ると本気で思っているのだろうか。この人を愛していた。それなのに、この人のほうでは、冷酷に、こちらの感情などは全くおかまいなしに利用しただけ……。わたしは架空の、実在しない人のまぼろしを愛していたのだ。この人を愛してはいけない。真実と向きあわなくては。

「今、出ていきます。タクシーを呼ぶわ」相手が驚きの色を隠しきれないのを見て、痛烈に言う。「どうするとお思いだった？　哀願するとでも？　泣き崩れて、どうぞ愛してちょうだいとお願いするとでも思った？　ばかなまねをするのは一度でたくさんよ！」

「シエナ」思いがけず、アレクシスはシエナに触れようとしたが、腕に彼の指先を感じたシエナがぞっとしたように体をこわばらせたので、顔をしかめた。「きみ自身が憎くてやったわけじゃないことはわかってほしい……」

「そうよね、復讐《ふくしゅう》を遂げる手段にすぎなかったんですもの。もし、ロブに妹がいなかったら？　もし、わたしがバージンじゃなかったら？　神さま気取りで何をするつもりだったの？」

アレクシスの顔が抑えた怒りに黒ずんだ。「きみの兄さんと家族のことをできるかぎり調べあげた。もし、妹がいなかったら、別の方法を見つけていたさ。だが、これが一番ふさわしかったんだ」

「目には目を、ね」シエナはそっけなく言った。今のこの会話は現実だろうか？　何か恐ろしい悪夢の中にさまよいこんでしまったような気がする。かろうじてシエナを支えているのは、自分の敵であるこの男の前で泣き崩れ、苦痛と苦悩のあまり叫びだすことだけはしたくないという気持だった。

「どこに行く?」ローブに手を伸ばしたシエナにアレクシスが問いただした。

「タクシーを呼びます」

彼は口をぎゅっと結んだ。「朝になったらここを出る。心配しなくたって、ぼくは……」

「わたしを抱いたりしないと言うんでしょう? そんな心配はしていません。どちらにしろ、あなたは目的を達したんですものね。もっとも、コテイジの支払いは済ませてあるのだから、その分はむだにしたくないとお思いなのかもしれないけれど。そうね、あなたなら、ベッドをともにするほかの人を見つけるのはそんなに難しいことじゃないでしょう。あなたほどのお金と才能のある人なら……」この最後の言葉を言うとき、シエナの口はゆがみ、相手のほおが濃い色に染まるのを見た。

「全然難しくないさ。もっとも、きみほど喜んで来たがる女はいないかもしれないがね。きみのほうでぼくに抱かれたがったんだよ」

「ばかなわたしは、あなたのことを、わたしを愛してくれる人だと思ってしまったのよ」シエナはドアのほうに歩きだした。振り向いて彼がついてくるのを見たシエナは青ざめた顔をして目だけが燃えていた。「触らないで! 近くに寄らないで。あなたがそばにいると思っただけで我慢できない。同じ部屋にいるだけで胸がむかむかするわ!」

うそではなかった。ほんとうに気分が悪くなってきたが、アレクシスはかまわず近づくと、両腕をつかみ、激しく揺すった。

「やめろ！　どうしても出ていくと言うのなら、ぼくが送る」

「いや！」

「いやじゃない。ぼくが好んでこんなことをしたと思っているのか？」彼の目は暗かった。「ほかに方法がなかったんだ。きみの兄さんにレイプされたとき、妹は幼なじみのいとこと婚約していたんだ。無論、相手に黙っているわけにもいかず、婚約は破棄された。それがどんな打撃だったか、想像がつくだろうか？　しばらくは、妹の精神状態まで心配したほどだった。ソフィアのために、どうしても敵討ちをせずにいられなかった。もしだれかを責めたければ、兄さんを責めるんだな」

「違うわ！」シエナはありったけの敵意を目にこめて、相手を見た。「あなたに好かれているかもしれないと思ったばかな自分を責めるわ。あなたは冷酷な人だってジリアンに注意されていたのに、わたしは自分は大丈夫だと思っていた。それにしても、こんな手のこんだことをする必要はなかったんじゃないの？　はじめて会ったあのときに、あなたのためなら、焼けた石炭の上だって歩いてみせたでしょうに」シエナの口もとは皮肉っぽくゆがんだ。「兄の言うとおり、わたしはばかな夢を見る子どもだったということね。でも、もう違うわ――それに、言っておきますけれど、あなたがなんと言おうと、兄が妹さんを傷つけたなんて信じないわ。女は心変わりしたときも、レイプされたと騒ぐことがあるそうよ」

一瞬、殴られるかと思ったが、彼はシエナを押しのけ、ドアを乱暴に開けると、振り向いてぶっきらぼうに言った。「服を着なさい。帰ろう」

3

シエナは暗い迷路の中で、何か恐ろしいものに追われていた。その息づかいが一息ごとにせまってくるのに、出口は見つからず、その恐ろしさといったらない。戸が開いた。男がひとり、こちらに背を向けて立っている。うれしさがこみあげ、かけ寄る。振り向いた男を見てシエナは悲鳴をあげた。男の顔はシエナを追ってきた恐ろしいものの顔だった。

シエナは自分の悲鳴で悪夢からさめた。汗びっしょりで、夜具はすっかり乱れ、心臓が重苦しくどきどきしている。目覚まし時計を見る。二時半だ。コテイジでのあの夜以来、ずっとこういうふうに次々と悪夢にうなされ、眠れない。体重も減ってきた。ジリアンが気づいて、少し仕事を休むようにと言ってくれたが、シエナはそれだけはしたくなかった。仕事と睡眠、それだけが思いわずらう苦しみから逃げられる道だ。あれから二週間たっている。この二週間、プライドだけがかろうじてシエナを支えていた。アレクシスに嘆願したり、走るバスに身を投げ一思いにピリオドを打ってしまわなかったのも、プライドが許さなかったからだ。

純潔を奪われたという事実も、もし、アレクシスに心までも奪われたのでなかったら……男が女をだます一番残酷なやり方でだまされ、奪われたのでなかったら、まだしもあきらめがついたことだろう。アレクシスに愛されていると本気で思った愚かな自分をさいなむ苦しみに身もだえするほどだ。無邪気に相手を信用してしまった――その思いがむちとなって心を責めたて、そこから抜け出す道もない。世間に対して苦しみを隠すことはできても、自分自身には隠せない。ロブが留守なので、少なくとも帰宅後は、うわべをつくろわずにすむ。毎晩、ただじっと座って空《くう》を見つめ、何も考えないように努めてはいたが、その間も苦悩ははけ口を求めていた。この苦しみを嘆き悲しむことはするまい。当然の報い、自分自身の愚かさが招いたことだ。愛し、愛されていると信じるようなばかでなかったら、決してあんなことは起こりはしなかった。食べ物がのどを通らない。食べ物のことを考えただけで胸がむかむかした。

大声で叫びたい、涙がかれるまで泣きたい、そう思うときもあった。また、アレクシスの腕に抱かれ、彼の体のぬくもりを感じるためなら、どんなことでもしたいと思うときもあった。そしてまた、今の自分と同じように苦しむアレクシスを見たいと思うときもあった。

シエナはやせて青白く、ひっそりと控えめになり……大人になった。シエナはあまりにも長い間、少なくとも精神的には、人を信じやすい、愚かな子どものままだった。ロブの言うように、父と二人きりの暮らしで現実にうとくなっていたのだ。だが、それも今となっては過去の話だ。時々自分が全く違う二人の人間のような気がする――他人の期待どおり、理知的で物静かな態度で仕事をし、笑顔を作り、受け答えをしている自分。そしてもうひとりは、感情がすっかりゆがみ、他人とのわずかな接触も避けようとし、夜は別の自分が口にすることを固く禁じている人の名を呼んでしまう自分だった。

だが、一つだけ変わらないことがあった。ロブがアレクシスの妹の髪の毛一本さえ傷つけたことはないという信念だ。ロブの潔白を信じきっているので、ロブに尋ねてみようとさえ思わない。無論アレクシスは、シエナがすぐロブに打ち明けると思っているに違いない。けれども、シエナはだれにも知らせまいと決心していた。もし、自分の人生のアレクシスに関する部分を記憶から消し去ることができるものなら、喜んでそうしたに違いない。

アレクシスとのあの夜から、二週間と数日のちにロブが帰ってきた。日焼けしてやせ、毛先は日にさらされて白茶けている。ジーンズと薄いシャツ姿のロブは五月の冷たい風に震えながら、気温の変化をこぼしていた。「世界を飛びまわっている特派員の永遠の悩みの種だよ――風邪と時差ぼけさ」いすに腰をおろすと、シエナをじっと見つめる。妹の青白い顔とひどくやせた体に気づき、彼の目が鋭くなった。「具合が悪そうだね。どうしたんだ?」

「なんでもないわ。パパが亡くなったことが、今ごろになってこたえてきているみたい」

やせたと言われると、だれにでもそう言い訳をする。「旅行はどうだったの？」話題を変えようと、尋ねてみた。

「この国では皆が不平を言っているけれど、でも、ああいう国ではね……」

ロブは疲労の色をにじませて、首を振った。彼の行っていたのはエルサルバドルで、危険なことはないと言って出発したが、シエナはやはり心配していた。

「どこか具合が悪いんじゃないか」立ちあがったシエナのジーンズがだぶだぶになっているのを見て、ロブがまた言いだした。「悩み事でもあるみたいだ……どうしたんだい、シエナ？　それとも、兄貴なんかには言えないプライベートなことかい？」

「まあ。なんでもないわ」シエナは無理に快活を装って答えた。「きっと、大人になりかけているのだわ」

「二十四歳で……ちょっと遅くないかい？　充分大人だといつも思っていたけどね」

「ええ……成長期の痛みというのは、遅く来れば来るほどひどいものなのよ」

「そういうものかな？　今は立ち入り禁止の札が出ているようだが、ぼくがついているんだから、いつでも相談してほしい。それだけは覚えておくんだよ、いいね？」

「はい、お兄さま」ふざけた口調で答え、にっこりしてみせるのは、かなりの努力が必要だった。だが、望んだ効果はあったようで、ロブの顔はほっとして明るくなった。ロブにあのことを打ち明けていないとアレクシスが知ったら、復讐《ふくしゅう》が肩すかしにあったように思うだろう。そう考えると、シエナの傷ついた気持も慰められるのだった。

それでも、ロブがまた出張すると言ったとき、シエナはほっとした。

「食事も満足にしていないようだから、今夜はぼくがおごろう」

「でも、わたし、ほんとうにいいの……」

「そんなことを言わずに、行こうよ」

「今度の取材はどのぐらいかかるの?」

「わからない。ベイルートで紛争が起きて、その取材に派遣されるんだ。ねえ、シエナ、少し休暇を取ったら?　ジリアンの話では、この二週間、二人分の仕事をしてるというじゃないか。二、三日休みなさい。家に帰って、ゆっくりするといいよ」

とてもゆっくりなどしたくないし、苦しみをまぎらすには働くしかない。けれども、ロブの心づかいもわかる。これ以上心配をかけたくなくて、シエナは無理に笑顔を作った。

「それもそうね、まだ手もつけていないパパのメモと日記がたくさんあるし。グランジ教授に頼まれているの。もう一冊、本にまとめるぐらいの材料は充分ありそうだっておっしゃって……」

「休みが必要だって言ったんだよ。日記なんか、ほうっておきなさい。ぼくが帰ったら読んでみよう。休暇が一カ月もあるし」

「そうね、お休みが必要なのはお兄さんのほうだと思うわ」

「うーん、とてもいいよ」

シエナはアレクシスとのはじめての食事に着た黒いドレスと、それにマッチするジャケットを着た。それを着たくはなかったが、手持ちの服に適当なものもなかったし、むやみに感傷的になったところで、何になるのだろう、と思ったのだ。アレクシスと重ねたデートはロマンチックなものではなかった。アレクシスの人生というチェス盤上の、注意深く計算された一連の動き、目的を達する手段にすぎなかったのだ。

「お兄さんだって悪くないわ」と切り返す。ロブはフォーマルなダークスーツに、シエナが数週間前、誕生日に贈った淡い色の絹のシャツを着て、このうえなく魅力的だった。

雨に濡《ぬ》れた町をロブが車を運転していく間、シエナは黙って物思いにふけっていた。一日中雨で、グレーに湿ったたそがれにあたりが包まれ、シエナの陰鬱《いんうつ》な気分にふさわしい。車が止まって彼女ははじめてそこがサボイだと気がついた。思わず困惑の声をもらしたが、幸い、ロブは驚きの声と勘違いしたようだ。

「今夜はひとつ豪華にやろうと思ってね」ロブは陽気に言いながら、車からおりるシエナに手を貸し、正面の入口に連れていった。「ここは前に一度、来たことがある。ぼくの名づけ親の特別のおごりでね」ロブの名づけ親は父の同僚で、途中で産業界に入り、その業績で一代貴族の爵位を得ていた。「どうしたんだい？」中に入り、シエナのこわばった顔にはじめて気づいたロブが尋ねた。「気分が悪いの?」

「大丈夫よ」せっかくのロブの厚意を無にすることはできない。しっかりしなくては。アレクシスとともに過ごした場所のすべてを、一生避け続けるわけにはいかないのだから。彼に抱いていた感情がよみがえりそうになり、コテイジでの、真実を知ったあの瞬間を心の中に思い起こした。そして、実在すると信じていた愛がつまらない妄想にすぎなかったことも。

食堂はかなり客が入っていた。シエナは決してそんなことはするまいと思っていたのに、いつの間にかアレクシスの姿をさがしてあたりを見まわしている自分に気づいた。見あたらずにほっとした。そもそも彼がここにいるわけはないのだ。ニューヨークに行くと言っていたのは、あるいはわたしが面倒を起こさないようにするためだったのかもしれないが。アレクシスは利用価値がなくなって捨てた女たちを避けるのはお手のものに違いない。シエナのほうも、これほど完全に打ちのめされた姿を再び相手の前にさらすまいと思っていた。まるで相手のテーブルから落ちたパンくずを拾うように、あわれみと軽蔑《けいべつ》からしか与えられない愛撫《あいぶ》を乞《こ》うようなまねは決してしたくない。

テーブルに案内され、メニューが仰々しく差し出される。ロブは妹にごちそうするのがうれしいようすなので、その気分に合わせなくてはいけないと思う。知らない料理が出てくるのを楽しみにしていたいからと、注文はロブにまかせた。ロブはちょっと眉を上げたが、何も言わなかった。彼は数年のジャーナリスト生活で、前にはなかった洗練された物腰を身につけている。ほんとうに魅力的で、どんな場所でも、堂々と振る舞っている。

最初の料理が運ばれてきた。シーフード好きのシエナのために注文してくれた、海老《えび》にベークドアボカドを添えた一皿がとてもおいしいのに驚く。永遠に続くものなど、ありはしない。人の体にしても、どんなに苦しみにやつれようと、そのうちに自然の力が盛り返すのだ。長い間食べ物がのどを通らなかったのに、シエナは急に空腹を覚えた。

シエナがワインのグラスに手を伸ばそうとしたちょうどそのとき、食堂に入ってくるグループが目についた。その瞬間、アレクシスとのことから立ちなおりかけていると思ったのは全くの思い違いだということがわかった。入ってきたアレクシスを一目見ただけで、激しい苦痛と憎悪の波がわき起こった。自分が発散する反感の波を相手が感じ取らないのが不思議なくらいの強さだ。アレクシスの連れは、笑顔で彼を見あげている若い女と、彼より背が低く、太っていて、彼と違ってカリスマ的なところを全く持ちあわせていない男だった。シエナは胸をどきどきさせて、歩いてくる三人を見守っていた。連れの女性にしきりに話しかけているアレクシスの口もとには優しい微笑が浮かび、シエナの胸は締めつけられるようだった。

三人は近くのテーブルに案内された。差し出されたメニューを手にした女性の左手に、大きなサファイアがきらめくのが見えた。激しい怒りがシエナの全身にあふれた。この娘はアレクシスがどんな人間か知っているのだろうか。彼女はだれだろう？　やはりギリシアの大物の娘かしら？　アレクシス自身よりも、ずっとギリシア人らしく見える。

「シエナ……」

シエナはロブの話を何も聞いていなかったことに気づいて、はっとした。ちょうどそのとき料理が運ばれてきたので、少し落ち着きを取り戻したが、二、三メートル足らずのところにアレクシスがいることが痛いほど意識される。もはやアレクシスはシエナのことなど気にもとめないのかもしれない。彼に関するかぎり、その人生でのシエナの出番は済んでしまったのだ。もともと彼にとって、シエナはロブの妹という価値しかなかったということだ。ロブに目を移すと、彼は眉を寄せてアレクシスのテーブルを見つめていた。アレクシスの言ったとおり、彼の妹にロブがかかわっていたのかと、一瞬ぞっとする。突然いすを引く音がし、シエナは体中の筋肉がこわばった。

ロブは笑顔で立っていった。うれしそうに声をあげる女性のハスキーな声が聞こえてきた。

「ロブ、やっぱりあなただったのね。会えてとってもうれしいわ！」アレクシスの連れの女性がロブに抱きつき、その黒い目が笑っている。「コンスタンチン、アレクシス、来てちょうだい、お友達を紹介するわ。ロブ、兄とフィアンセを紹介させてね。ロブとはサルジニアで、あそこの別荘にいたとき会ったの。ロブは土地の山賊の記事を書いていたのよ」

「ソフィア、取りつくろわなくてもいい。この男がきみを……傷つけたやつだってことはわかっているんだ」

アレクシスの声だ。シエナはそちらに目を向けられなかった。ソフィア――アレクシスはそう呼んでいた。すると、この生き生きとした笑顔をロブに向けている娘が彼の妹ということだし、フィアンセというのは、今神妙にわきに立っている男なのだろう。アレクシスの言葉でその場に沈黙が張りつめる。ソフィアは自分の兄のこわばった顔から、フィアンセの同情するような顔へと目を移し、次にロブに目を走らせ、ほおを紅潮させた。

「アレクシス、やめて」ソフィアの声が苦悩にかすれている。コンスタンチンが腕にソフィアを支えるのを、シエナは目のすみでとらえた。ロブを見ると、アレクシスと同じぐらい長身のロブは、わけがわからずに眉をひそめていた。コンスタンチンがギリシア語で低く何か言うと、ソフィアはアレクシスの腕に手を置き、感情の高ぶった声でささやいた。

「アレクシス、まさか、ロブが……わたしを襲った男だと思っているのじゃないでしょうね? わたしたちはただのお友達なのよ……」

「ぼくが止めても、毎日二人で会ってたじゃないか。あのとき、ニコと婚約していたのに……」

「わたしには気の進まない婚約だったわ。わたしのつらい時期に、ロブは話を聞いてくれたのよ」

「その男がまた……」アレクシスはギリシア語で何事かつぶやき、ロブをにらみつけた。肌にどす黒い色がさっと差し、シエナは彼がロブを殴ろうとするのかと思った。ソフィアとコンスタンチンがさっと二人の間に割って入った。「今、そんなことを言っても仕方がない」アレクシスはあごをぐっと引き、シエナのほうを見た。あごの筋肉がぴくぴく動くのがシエナの目に入った。わたしがなぜロブに打ち明けなかったか、不思議に思っているのだろう。わたしがそうやすやすと勝ちをゆずると思っているのだろうか？

「でも、今言っておかなくては」ソフィアはひるまずに言った。「その話をずっと避けていたでしょう。コンスタンチンには全部話してあるの」ソフィアはフィアンセを見、二人は愛をこめた視線を交わした。コンスタンチンはアレクシスほどルックスもよくないし、個性的でもないかもしれない。だが、二人が愛し愛されていることは明らかだった。「あのとき、話しておくべきだったわ。でも、ショックがあまり大きくて……お兄さんはあんなに怒るし……まさか、ロブのせいだと思っていたなんて、思いもよらなかった」ソフィアはわびるようにロブを見た。「こんなことに巻きこんで、ほんとうにごめんなさい、それも、あんなすてきなお連れとお食事をしていらしたのに。でも、兄がばかげた疑いをかけたものですから……」

「丸二週間も、毎日のように、午後はこの男と過ごしていなかったと言うのか？　ぼくにほんとうに信じろと言うのか、この男はあんなことをしなかったと……」アレクシスは明らかに自制しようと言葉を切った。「好きなだけかばうんだな、ソフィア。でも、なんにもならないぞ。ほんとうのことをテオから聞いた。おまえたち二人が一緒のところを、テオが見ているんだ」

「テオですって!」ソフィアの顔は青ざめ、美しい口がゆがむ。「そうなんだわ、テオの言うことなら信じるのね。お兄さんには親しいお友達、大切な人ですものね。テオの飛行機が落ちたとき、わたしがどうして泣かなかったか、不思議に思わなかった? わけを言いましょうか。あの人が罰を受けますように、わたしを苦しめたのと同じように苦しみますように、とお祈りしていたからだわ。わたしを辱めたのはテオだったのよ。お兄さんはあの人を信じていたから、あのときは打ち明けられなかった。わたしはあの人が絶対に好きになれなかった。わたしがニコとの婚約を承知した理由はただ一つ、もし断れば、テオと結婚させられるかもしれないと思ったからよ」

シエナはかたずをのんで聞き入っていた。自分の兄にやましいところがあるなどと、一瞬だって思ったことはない。今、その疑いを晴らすことのできるただひとりの人が、兄の潔白を証明するのを耳にしても、ほっとする気持もわいてこなかった。アレクシスの誤解が明らかになったからといって、激しい喜びを感じることもなかった。ただむなしさだけが大きく広がり、その中で、まわりの人たちの声が、はるか遠くから聞こえてくる。ロブがアレクシスに何か話しかけていたが、アレクシスはそれを無視してソフィアに向かって問いただした。

「ほんとうだな、兄さんにほんとうのことを言っているのだな」

ほんとう、うそ――それがどうだって言うの？　どうだっていいことだわ。周囲がぼやけはじめ、遠のいていく。ダークスーツの腕が支えてくれ、優しい目が自分を見つめてギリシア語で何か話しかけてきた。シエナは皆の注意が自分に集まったのに気づいた。ソフィアはロブに食事の邪魔をしたことをわび、ロブが気にしないようにと笑顔で答えている。今にもロブがわたしを皆に紹介するかもしれない。それだけは耐えられない。アレクシスを見ることさえ、耐えられないのに。引きつけを起こしたような激しい震えがきた。

「ぼくたちは失礼しよう」ロブが言うのが聞こえてくる。「妹は具合がよくないのです。いや……そちらのせいではありません。しばらく加減が悪かったのです。父親を亡くしてこたえているのでしょう。シエナ……シエナ……」

シエナはロブにすがりつき、すっかり体をあずけて立たせてもらった。ロブはシエナの頭越しにコンスタンチンとソフィアにあいさつを交わした。

「とんでもないことになってすまなかったね」二人はアパートに戻ってきた。「ソフィアとは久しぶりなのに、おかしな会い方をしたものだ。サルジニアで会って以来、二年になると思うよ」

「ソフィアを愛していたの？」

「並みの人間には、ステファニデス一族は手の届かない存在さ。とりわけ、一族のリーダーのたったひとりの妹とくればね！　ソフィアはあの時期、悩んでいたんだ。ヨーロッパで教育を受けたのに、家に帰れば、決められた結婚にしたがわなければならない。話を聞いてもらえる人が必要だった。そして、たまたま、ぼくがそこにいたというわけさ」

「ソフィアは……お兄さんは聞いていたの？」

「襲われたことをかい？　正確には、その言葉をレイプと置き替えるべきなのだろうね」ロブは顔をしかめる。「あんなひどいことをしたと思われていたとはね。でも、ぼくたちの間は全くプラトニックだった。だれの目にも、ソフィアが純潔なことは明らかだったし、ぼくも、友情以上のものを求めようとはしなかった。「一つ解せないことがある」彼は眉をひそめた。シエナは一瞬心臓が止まったかと思った。「もし、ほんとうにぼくがソフィアをレイプしたと思ったのなら、どうしてぼくを追ってこなかったのだろう？　ギリシアでは、娘の純潔は今でもとても大切なこととされている。娘をレイプされたとなれば身の毛のよだつような復讐の方法もある。あれほどの金持なら、命にかかわる事故に見せかけた復讐だって、簡単にやってのけられるだろう。全く妙だ。ソフィアが真実を話したときのアレクシスくらい、ショックを受けたように見えた男はいなかったよ」

「信頼していた友達のしわざだとわかったからじゃないの？」シエナはアレクシスがひど

くショックを受けていたと聞いても、うれしくもなかった。ただ、体の力が抜けてしまったような感じだ。今夜ジリアンが一緒でなくてよかった。もし、いあわせたら、アレクシスを知っていることがわかってしまい、ロブに何か感づかれただろう。「とにかく、今は、ソフィアも幸せそうね。コンスタンチンにとても愛されているみたい」

「うん、彼は男やもめで、ギリシア人としては開けた考えを持っている。それにしても、ステファニデスが、どうしてぼくをつけねらわなかったのか、まだ納得できない。金も力もある男だ。やろうと思えばなんでも――ぼくの将来を絶つことも、命にかかわる事故を起こすことも――なんだってできる。それを考えると血が凍る思いだ。ギリシアには、まだ敵討ちが行われているところがあるんだよ。もし、彼がその気になれば、ぼくたちはだれも逃れられなかったろう。パパだって、シエナだって……」ロブの瞳の色が濃くなった。「妙なことだが、ぼくには妹をレイプされたと思ったときのステファニデスの気持がわかる気がする。もし、おまえに害を加えるやつがいたら、ぼくはそいつをばらばらにしてやりたいと思うだろう。ぼくたちは文明人ということになってはいるけれどね」ロブは笑ったが、シエナは凍りついたようにぞっとした。ロブは本気で言っているのだ。わたしがどんなにひどい目にあわされたか、もしもロブが知ったら……。ロブには絶対、このことは知らせまい。なぜなら、今ロブが言ったように、立ち向かおうとしたところで、アレクシスにはロブを完全にたたくだけの富と力が備わっているのだから。

4

「いや！」シエナはぎくっとして目を覚まし、ベッドに身を起こした。体中の筋肉がこわばっている。ふっとため息をつき、窓の外に目をやる。子どものころからずっと目にしてきた、見慣れた眺めが広がっている。心を和ませてくれるはずのその眺めも、今は慰めにならなかった。サボイでのあの再会以来、毎晩同じ悪夢に襲われる。アレクシスが口実を作っては近づき、愛しているかと尋ねるのだ。恐ろしさにおびえてしまう自分に腹を立て、シエナは薄いネグリジェの下で震えていた。あの晩から一週間たっている。そろそろショックから立ちなおってもいいころだ。アレクシスがシエナ自身に関心があったのではないことは、もう充分にわかっている。あの晩、彼はシエナのほうに目を向けようとさえしなかったのだから。彼は自分の妹にロブが指一本触れていないと知った今、どう思っているだろう？　恥じている？　それとも、後悔しているのだろうか？　アレクシスが自分の非を認めていると思っても、少しもうれしくない。その一方で、コテイジでのあの夜以来、自分がうれしいとか、つらいという感情とは無縁になってしまったようにも思う。

村に帰ってからは、単調な毎日だ。起きると、着古したジーンズとロブのお古のラグビーシャツに着替える。朝食はとらないことにしていたから、コーヒーをいれるだけだ。今も食欲はほとんどなく、痛々しくやつれた表情は以前のままだ。

コーヒーカップを手に父の書斎に行き、いすに腰をおろす。シエナは父のすべての書物のリストを作成していた。貴重な初版本も何冊かあり、神経の集中を強いられる時間のかかる仕事だ。

これが傷心をまぎらす方法の一つだということは、自分でもよくわかっていた。仕事に没頭している自分自身を、どこか面白がって眺めているような気持もある。感情に左右されたくない、それが今の願いでもあった。感情を超越していれば安全であり、愛におぼれ、無分別に愛を与えてしまった苦しみから逃れることもできる。昔からの友達はシエナが変わったと言う。ロンドンに行く前からの男友達にも何度か誘われたが、つきあう気も起こらなかった。ほんとうは、世間との交渉をすっかり断ち切ってしまいたい。そんなことを思いながら、凝った装丁の本を調べ、注意深くチェックしてリストに加える。子どものとき、重いインフルエンザにかかったあとの気分を思い出す。回復期の、体にまだ自信を持てない感じ、ふらつくような頼りなさを今度は精神的に体験している――だが、回復期にあるということは、やがて立ちなおるということだろうか？　シエナはひどく痛めつけられた。だが、再びこれほどまでにシエナを傷つけることはだれにもできはしない。終わったことだ――人生のページの中で、もう開くことのない一章だ。体力を回復し、これからの人生の方向を決めなければならない。これまでは、一生仕事を続けるつもりもなかった。だがこれからは、持っているエネルギーのすべてをつぎこみ、全力をあげて打ちこむものが必要だ。

玄関のドアが開く音がした。ため息が出る。隣のマローズ夫人は、この家を空家にしているとき、何くれとなく気を配ってくれた。だが、ふいに訪ねてきては〝ちょっとおしゃべり〟をするという習慣ができてしまい、シエナは少し気が重かった。夫を亡くして寂しいのだし、悪気もないことはわかっているが、シエナには他人とのつきあいがとても苦痛だった。自分だけの殻に閉じこもっていたい。すべてのエネルギーは心の傷をいやすために費やされ、ほかに振り向けるゆとりはなかった。でも、気が進まないからといって、親切なマローズ夫人に知らん顔もできない。

無理に笑顔を作り、ドアを開ける。そこに立っているアレクシスを見たとき、シエナの笑顔はたちまち凍りついた。

衝動的にドアの奥に引っこみ、かぎをかけて締め出そうとした。だが、相手はそうはさせまいと、シエナのわきを通って中に入ってしまった。シエナは仕方なくあとについて、ドアを閉めた。

「何しに来たの？」

最初の言葉がこんなにありきたりだなんて。シエナは吐き気をもよおすほどの鋭い苦痛が身内にわきあがってくるのを静めようとしながら、けんめいに相手から目をそらすまいとした。

アレクシスは口を少しゆがめた。シエナには、それがあざけりの表情とも見えた。心ならずも、顔に血がのぼる。この人は、今は遠い他人だが、かつては、ほんのしばらくの間だがシエナの人生に入りこみ、その航路をすっかり変えてしまったのだ。

「どういうつもりだ？　アパートやエージェントに連絡を取ろうとしたのに」シエナは、ジリアンには数日休むと言っただけで、ロブだけに居場所を知らせていた。アレクシスはシエナの家庭の事情を調べ、ここを知ったのだろう。「話がある」

「わたしのほうにはありません」シエナは背を向けた。調べていた本を棚に戻し、別の本に手を伸ばす。彼の沈黙には、このまま素直に出ていかないと思わせるものがある。シエナは落ち着かなくなった。「わたしには何も言うことはありません。わたしは兄が妹さんをレイプしたなんて、決して思っていませんでしたから。ご存じでしょう」

「うん」重苦しい沈黙が続く。「だが、ソフィアの話を聞くまでは、襲ったやつがきみの兄さんじゃないとは知らなかった」

「勝手に思いこんだだけなんでしょう」シエナの内側は、相手がつけた傷で死ぬほど血を流していた。それでも、うわべはこんなに落ち着いて平静を装えるのが不思議だ。憎しみの言葉を浴びせ、自分がされたように相手を傷つけてやりたい、その気持を抑えていたのは、プライドだけだった。

「ソフィアはあのとき、ひどいショックで、ぼくが問いただしても答えられなかった。きみの兄さんに会っていたのは知っていたし、兄さんは年も上で経験豊富な外国人だ。そう思いこんでも当然じゃないだろうか……」

「それで、その推測をもとに復讐《ふくしゅう》を計画したというわけね。わざわざそんなことを言いに来る必要はなかったのに。あんまりやすやすと誘惑されたものだから、わたしの頭がよほどお粗末だとお思いのようね。でも、わたしだって、妹さんの話から、正しい結論を引き出すことぐらいできますよ。兄が妹さんを傷つけたなんて、だれが思うものですか」シエナは顔をきっと上げる。茶色の目が彼のグレーの目とまともにぶつかった。

「兄さんには打ち明けてないんだな」

「ええ。言ったところで、どうにもならないでしょう」妹を傷つける男がいたら、ばらばらにしてやりたいと言ったロブの言葉を思い出し、唇をかんだ。「でも、兄が……少なくとも妹に関しては、あなたと同じ考えだと言ったら、あなたも興味をお持ちかしら。兄はあなたが自分を痛めつけようとしなかったので驚いていたわ。金持で、なんでもできるはずなのに、と言っていたわ。わたしは兄の思い違いを正さずにおきましたけれど」

「なぜだ?」

「兄に傷ついてほしくないから」静かに言う。相手の日焼けした肌が少し青ざめた。「それに、何をしたところで、済んだことは取り返しがつかないでしょう？　妹さんは大事にしてくれる人にめぐりあえてお幸せじゃありませんか」

「それがきみの望みなのか？　以前にほかの男に抱かれたことも気にしないほど愛してくれる男の妻になり、結婚という安全な港に落ち着くことが？」

「わたしは、だれからも愛されたくありません」

シエナの答える口調はきっぱりしていたが、目が相手に知られたくない内心を語っていた。それをとらえたアレクシスの目が躍り、強い光を帯びる。部屋にぴりぴりした空気が張りつめ、胸苦しくなるほどだ。

「うそだ、きみが愛してほしいと望んだのだ。きみのほうで懇願したのだ」

アレクシスは残酷に傷に触れてきた。うずきだす痛みに、思いきり叫び声をあげたい。だが、シエナは以前のあのうぶな娘ではなかった。彼女は静かに言った。「ええ、そうね。でも、それは何も知らなかったころのわたしだわ。あなたは人を愛せる人間じゃない。もちろん、今までも、これからも、あなたは大勢の女性を欲望の対象にするでしょうし、その人たちのほうも、あなたにほんとうに愛されていると思いこむかもしれない。でも、あなたに人は愛せない。ほんとうに女性を愛せる男性なら、わたしにしたようなことができるはずがないわ」

「きみが進んで来たのだ」きらっと光る目や、あごをぐっと引いた厳しい表情にも怒りがにじみ出ていたが、シエナはもう怖くなかった。

「そう、わたしもそれが言いたいの。兄のせいだと思いこんだ罪のために、わたしを利用するのが当然だと言うなら、それはそれで仕方がないでしょう。でも、それだけでは満足できなかったのね。ちょっと手のこんだことをしてみたかったのでしょう。あなたを恋するように仕向け、苦しめ、屈辱を味わわせ……」シエナの口はさげすみにゆがむ。「女性をほんとうに好きになれて大切にする人なら、あんなことはできはしない。あなたがわたしたち女性全体をどう思っているか、あれでわかってしまったわ。実の妹でさえ、あなたに打ち明けられなかった。自分を襲った男の名前さえもね。兄さんが実の妹より、その男の言葉を信用すると思ったからだわ」

その言葉が相手の痛いところをついたのがわかった。健康そうに日焼けした肌が青ざめ、目は暗い色を帯びる。

「今日来たのは、きみにわびて、それから……」

「それから？　起きてしまったことをぬぐい去ろうとでも？　もし、そんなことができるなら、とっくにそうしていたわ。あなたがどんなに後悔したって、わたしの半分の半分も後悔できるものですか。さあ、帰ってください」シエナは戸口に行き、ドアを開けて手で押さえた。だが、相手は動こうとしない。

「言いたいことを、まだ全部話していない」

アレクシスはきっぱりした口調で話しはじめたが、シエナは耳を傾けようとしなかった。彼が来てからシエナをずっと支えてきた、張りつめた神経の糸がふっと切れた。気分が悪くなり、震えが襲ってきた。

「いいわ、あなたが出ていかないのなら、わたしが出ていきます」彼が止める間もなく、シエナはドアを大きく開けると、家を走り出た。背後で追ってくる力強い足音が聞こえ、アレクシスが大股に近づくのが肩越しに見える。夢中で門のかけがねを外し道に飛び出したとき、車のブレーキとタイヤのきしむ音にまじって、自分の名を呼ぶアレクシスの声が聞こえた。一瞬目に映ったものは、きらっと光るボンネットと、その奥の、恐怖にゆがむ男の顔だった。あたり一面に苦痛がはじけた。苦痛の波は次々に押し寄せ、シエナをひたし、苦痛以外の何も届かないところへとさらっていった。


ゆっくりと目を開けたとき、結婚式の牧師の言葉と、低くきっぱりした〝誓います〟という男の声。それに、かぼそく、ためらうような自分の声が同じ言葉を繰り返したのがぼんやり記憶に残っていた。一方、自分の直感が、そんな式は夢の中の出来事にすぎないと叫んでいる。自分がいるこの部屋は全く見覚えがない。それでも、ここが病院だということはわかる。だが、どうやって運ばれてきたのだろう？　窓越しに、高層ビルと、抜けるような青空が見える。開いた窓から熱気が入ってくる。自分がこんな暑さに慣れていないことをなぜか知っている。ドアが開き、看護師が入ってきた。目を開けているシエナを見て驚いたようすだ。彼女はすぐ部屋を出ていき、男性と一緒に戻ってきた。オリーブ色の顔色に、黒く鋭い目をしたその中年の男は、笑顔を向けて英語で話しかけてきた。

「やっと眠りから覚めたというわけですね」診察が終わり、体を起こすと、にっこりして見おろした。「では……人に会っても、大丈夫ですね？」

ドアが開き、別の男が入ってきた。その見たこともない男の、浅黒く、落ち着き払った顔に視線を走らせると、苦痛が体中をつき抜け、胸が締めつけられた。その苦痛には恐れがまじり、シエナは無意識のうちに体をこわばらせ、男を目で拒んだ。男は手を伸ばしてシエナの左手を持ちあげた。そこには、ダイヤモンドの指輪が輝き、シンプルな金の指輪もはめている。では、わたしは結婚しているのね。でも、そう思えないのは、なぜかしら？

「ここはどこ？」尋ねる声はかすれていた。彼女はうろたえて、身を起こそうとした。「あなたはだれなの……？」

男はにこりともせずに見返した。「きみの夫だよ、シエナ」

医者は顔をしかめた。シエナはわなにかかって、自由がきかなくなったような、深い絶望に襲われた。

「でも、わたしはあなたを知らないわ！」

「まあまあ、ステファニデスさん、大丈夫ですよ、事故にあって、その結果……」

「ありがとう、テオンスタニス先生。だが、ぼくが説明します。しばらく二人きりにしてください」

医者はまた顔をしかめたが、看護師に合図するとドアに向かった。この医者は、いつもは患者の家族の言いなりになどならない人だとシエナは直感でわかった。

ステファニデス、テオンスタニス――ギリシア人の名前だ。でもどうしてそれがわかるのかしら。自分の名前さえも記憶になく、もし、夫と名乗るこの見知らぬ男が話してくれなかったら、知らずにいたというのに。また、左手に視線を移す。指輪は新しい。いつ結婚したのだろう？　ここにはいつからいるのだろう？

「では話をしよう。きみは事故にあった。その結果、記憶喪失症になった。何も心配することはない。よくあることだ」

「でも、何か忘れてしまいたいことがあるときにかぎって、そうなるのでしょう？」どうしてわたしがそれを知っているのかしら？　シエナは自分の顔を探るように見ている、冷ややかなグレーの目をじっと見つめ、体を震わせた。この冷たく、厳しい感じの男とどうして結婚したのかしら？　この見知らぬ男とわたしの間には、愛が存在したはずがない。

夫とは、人間の結びつきの中で一番近い人のはずだ。だが、この男は、わたしにとって見知らぬ人だ。

「あなたは英語で話しているわ」声がかすれている。「でも、ギリシア人の名前ね」

「ぼくはギリシア人だ。だが、きみはイギリス人なんだ」

「いつ……結婚したのは、いつなの？」恐る恐る話を結婚に戻してみたが、ほんとうに結婚したとは思えないし、自分に関する一番基本的な事柄を、すべてこの男に頼って話してもらうのが、なんとももどかしい。

「あまり前のことじゃない」

「それで、事故というのは？」口が乾く。結婚が事故と関係あることを、なぜか知っている。

「結婚して間もなくだ」

「それなら……」

「ぼくたちは恋人同士だった」アレクシスはシエナを見つめ、さっと赤くなったその顔に冷たい笑顔を向けた。

「わたし……わたしたち……」震えが襲う。シエナの顔色が、体を横たえている木綿のシーツのように白くなり、体がこわばる。この男、この見知らぬ男は、わたしの体の奥深く秘めているものを知っている――だがそれは耐えがたいことだ！

「シエナ……シエナ、しっかりするんだ」

その声ははるかに遠ざかり、シエナが逃げこんだあたたかい秘密の場所にはもう届かなかった。

「ああ、意識が戻りましたね」シエナは部屋の中を落ち着きなく見まわしたが、医者しかいなかった。医者はシエナの緊張の原因に見当がつくようで、手にしたカルテを見ながら顔をしかめた。シエナの心配そうなようすに気づくと、笑顔を向ける。

「わたしは……わたしは治るのでしょうか。夫はわたしが事故にあったと申しましたけれど」

「治りますとも。大丈夫ですよ。何か思い出せますか？」

シエナは首を振った。「何も思い出せません。何一つ。どこで事故にあったのでしょう？」

「ご主人の話では、イギリスでだそうです。医者から動かしてもいいと言われると、すぐここに連れてこられました。なんでもいいから、思い出せることがありませんか？　いや、無理しなくても結構です……時が来れば、すべて思い出しますよ」

「でも、どうして忘れてしまったのでしょう？　記憶喪失症になるのは、過去に思い出したくないことがあるからなのでしょうね」

「必ずしもそうとはかぎりません。過去にそういうことがあったとお思いですね？」

「さあ」思い出そうと努めると疲れ、いらだたしさも募る。自分がおびえているのは、夫を覚えていないからだし、夫にはなぜか自分を落ち着かなくさせるものがあって恐ろしいからだ。〝ぼくたちは恋人同士だった〟と夫が言ったとき、その言葉がじかに自分の体に作用し、まるで彼に触れられたような感じがした。

「心配いりませんよ、時が来れば、すっかり思い出します。ふいに思い出す場合もあります。ちょうど今、あなたが英語を話し、ギリシア語も少しわかるようにね」

「それに、先生のお名前がギリシアの方のお名前とわかっているように。なぜなのでしょう?」

医者は肩をすくめた。「わかりませんね。心は複雑で微妙なバランスの上になりたつ装置なのです。コンピューターと同じで、正確な情報を得るためには正しい情報を打ちこまなければなりません。記憶喪失症というのは、たとえて言えば、コンピューターに誤った言語で話しかけているようなものです。そのうち、正しい言語が見つかりますよ」

「でも、思い出したくなければ?」

医者は顔をしかめ、鉛筆でカルテをとんとんとたたいた。「時として、心は記憶喪失を防御の手段として用いることがあります。傷口をふさぐかさぶたですね。でも、傷口はいつかは治りますし、あなたが逃れたいと思っているものがなんであっても、それに立ち向かえるほどに強くなれば、忘却という防御物を必要としなくなる日が来ますよ」

「先生」

医者はシエナの青ざめた顔をじっと見つめた。夫を呼んでほしいと言うのかと思ったが、そうではなかった。指でシーツの端を細かく折りながらシエナはためらいがちに尋ねた。

「わたしには……ほかに家族がいるのでしょうか。夫のほかに」

「わたしにはわかりません。イギリスの病院での記録はご主人からいただきました。体はもうすっかりよくなっています。この数日のうちにも退院できますよ。あとはご主人にきいていただかないと」

「退院ですって！」恐怖が体中を走った。その男の指輪をはめてはいるが、自分が決して愛していない男に、退院してすっかり頼ることはしたくない。「でも、まだ、記憶が……」

「もちろん、それは引き続き治療します。けれども、のんびりすることが何よりの薬なのです。ご主人はすばらしい屋敷を、これまたすばらしいミクロス島にお持ちで、そこで行き届いたお世話をなさると約束されました。島にいるわたしの仲間が往診して経過を見ることになっています。こういう症例では、回復のめどが立たないのです。記憶はゆっくりと戻るかもしれないし、あるいは、ある日突然戻るかもしれない……」回復の時期については、なんとも言えないというように肩をすくめる。「ところで、ご主人にお会いになりたいでしょう。おりの中のとらのようにいらいらとお待ちですよ。これほど献身的なご主人はめったにいらっしゃいませんよ。結婚早々だし、事故は結婚後、すぐのことだそうです」

医者が描き出した夫の肖像は、シエナが抱いた印象とは一致しなかった。献身という言葉は自分の夫だというその男にそぐわない。彼はもっと冷たく、傲慢《ごうまん》な感じがする。シエナは夫の面会を許可しないようにと頼みたかったが、もう遅かった。ドアが開き、アレクシスが近づいてきた。体にぴったり合ったクリーム色のジーンズと、それにマッチした薄手の絹のシャツにシエナの目がとまる。シャツを通して、黒い胸毛が見えると、シエナは耐えられないほどの吐き気に襲われ、汗がどっと吹き出した。

「シエナ!」

アレクシスは飛んできてシエナを寝かせ、汗に濡《ぬ》れた額に手をあて、まるでおまえのせいだというように医者をにらんで横柄に言った。

「いったい、どうなってるんだ? 震えているじゃないか、気温は二十度をかなり超えているのに!」

「衰弱による急な発作です。重病でしたから。奥さんが怖いと思われるのも、無理はないでしょう」

「怖い?」グレーの目がシエナの青ざめた顔を探り、口をきゅっと結んだ。「ぼくにおびえていると言われるのですね、自分の夫に?」

「奥さんはあなたをご存じないのですよ。怖いと思われても、無理はありません」

「ほんとうか？　ぼくが怖いのかい？」二人きりになると、アレクシスは尋ねた。

「わたし、あなたを知らない……」

「ああ。でも、きみはぼくを知っているんだよ、シエナ」優しい声だ。その言葉には官能的な意味がこめられていた。シエナはさっと赤くなる。ぞくぞくしていたのに、かっと熱くなった。「知っているという言葉の中でも、一番親密な意味で、ぼくたちはお互いを知っている。きみはぼくの妻なんだ」

「でも、結婚したばかりなんでしょう」

「だから、ぼくたちがベッドをともにしたことがないと思うのかい？　結婚式まで待ったと、どうして思うんだ？」彼はシエナの手を取り、震える指にキスをした。その目は自分から目をそらせられるものならそらしてみるがいい、と言っている。「頭では、ぼくを覚えていないかもしれない。でも、体はぼくを知っているんだ」

アレクシスはシエナのどきどきと脈打つのどもとに唇を押しつけた。シエナはその焼けつく感じに、相手の言葉がうそではないとすぐにわかった。理解を超えたところで体がそう認め、かすかな歓《よろこ》びの波が血管をうねっていく。

「家に連れて帰ったら、ぼくたちがお互いの体にどれほどの歓びを感じるか、教えてあげよう」

アレクシスは手をはなして立ちあがった。彼の言葉に心の中で警鐘が鳴るのに気づいて、シエナは眉をきつく寄せた。思い出しさえしたら……。今わたしは、自分の直感が信じてはいけないと警告するこの男に、過去への指針をすっかりまかせきっている。そして、何もわからない霧の中に迷いこんでいる。そこから抜け出せさえしたら。

「わたしに家族がいるのか、先生にお尋ねしたの……あなたのほかに」やっとの思いで口をきく。「でも、ご存じなかったわ」

「兄さんがひとりいる」アレクシスはシエナを注意深く見た。だが、彼女には心あたりはなかった。「兄さんは外国で仕事中で、まだ事故の連絡が取れていないんだ」

「わたしたちの結婚は……」

「イギリスでだ。嵐《あらし》のように激しい求愛のあとでね」シエナの不信の表情を見ると、アレクシスはのどの奥深く、くぐもるような声で笑った。「信じないんだね？　ほんとうなんだ。きみを見た瞬間、運命で定められた人に会ったことを知ったんだ」

「それで、わたしは？」

「きみかい？」口もとをほころばせ、目は笑ってきらりと光る。「ああ、ぼくのシエナ、きみはぼくに一目ぼれだったよ」彼はシエナが目をそらせられないようにあごを指で挟んだ。「きみの目は、そんなことはないと言っているね。でも、ほんとうだ。きみを無事に家に連れて帰ったら、ほんとうだということを教えてあげよう」

「でも、わたしはあなたを覚えていないわ……」

看護師が入ってきた。きびきびした態度で腕時計を見、アレクシスに目を移す。

「またあとで話そう。早くよくなるんだよ、ミクロス島に連れていけるように。ギリシアのあたたかい太陽の光を浴びて、もとどおりの体になるんだ」

「太陽が記憶を取り戻してくれるの？」もどかしさのあまり怒りがわいてきてシエナはそう尋ねたが、相手は取りあわなかった。部屋に看護師と二人で取り残されたとき、シエナの心は激しい思いに乱れていた。わたしたち二人が恋人だったというアレクシスの言葉はうそではない。恋人だったなら、彼を愛していたに違いない。自分が次々に、つかの間の性的関係を楽しむような女でないことを、シエナは直観的に知っていた。わたしが体を与えるときは、愛を伴うときだけだろう。そして、アレクシスに抱かれたことは、単なる記憶以上の、深いところにある本能でわかる。

では、アレクシスがそばにいると、どうして敵意を感じ、身を守りたくなるのだろう？恋人として、夫として一緒にいたいはずの人――それなのに、そばに来られると、いつも頭の中に警鐘が鳴る。

じっと考えこむことは負担が重すぎた。失った記憶を取り戻そうとして、シエナは身も心も疲れはてていた。今の願いは、闇《やみ》に包まれた、甘い忘却の世界に入りこむこと。そこへ逃げこませてくれる鎮静剤をもらって、シエナはうれしかった。

5

「では、もうご退院ですね」

医者はシエナが当然喜んでいると思っているらしい。だが、シエナはうれしさより、漠然とした不安な気持に襲われていた。この数日、アレクシスの顔を見ても、恐ろしいとは思わなくなっていた。夫なのだし、いつも優しくしてくれる。シエナが彼のことを何も覚えていないのは、彼のせいではないのだ。彼は二人の愛の行為について、背筋がぞくっとするようなことを一、二度口にして、シエナを当惑させはしたが、いつも忍耐強く接してくれている。ミクロス島行きが、少しは楽しみに思えるようになったのも、彼のおかげだ。アテネの病院の近くに滞在しなければならなかったので彼の日常に支障が出ているに違いない。シエナには彼の仕事の内容はわからないが、どんなに雇い主に理解があっても、限度というものがあるだろう。アレクシスにそばに来られると、自分が彼にすっかり気を許しているわけではないことに気づく。どうして、こんなふうに感じるのだろう？　夫なのに。恋人だったと言われても、親しみが感じられない。もうしばらく入院させてほしいと医者に頼みたかったが、それはいやなことを先に延ばすだけのことだ。これからの人生を、ずっと病人として送るわけにはいかないのだし。

シエナの不安を察したように、医者は、退院してなじみのない世界に出ていくのだから、不安で、神経質になるのも無理はないと力づけてくれた。「奥さんは、ミクロス島ははじめてだそうですね」

「では、記憶を取り戻す助けとなるものは、島には何もないということですね？」

「記憶とは、奇妙なものなのです。まあ、ようすを見ることにしましょう」

前日アレクシスが持ってきた服を着たシエナは、迎えを待ちながら、ベッドに腰をかけ、その柔らかいクリーム色の絹のドレスを指でなでていた。ドレスも、それに合わせた絹の下着もぜいたくな品だ。わたしを元気づけようとして、こんなに高価なものを買ってくれたのかしら……。彼が入ってきた。いつものように、彼の顔と体の完璧《かんぺき》な男らしさに衝撃を受け、体の中を不思議な戦慄《せんりつ》が走る。見つめられて、青白いシエナの顔に赤みが差した。

「なかなかいいよ」アレクシスはシエナをじっと見て言った。「ぴったりだね。合うかどうか、自信がなかったんだ」

「前は、服を買ってくださらなかったの？」

「ロンドンではそんな時間はなかった。それに、あれからきみはやせてしまったし」

「とても高価なものね。こんな高いものを買ってくださらなくてもいいのに。わたしに……」

アレクシスは肩をすくめた。「ギリシアは、きみがこれまでいたところよりずっと暑い。きみはここの気候に合うものを何も持っていないんだ。でも、ぼくが選んだのが気に入らなければ、今度診察でアテネに来たとき買えばいい。ミクロス島へはヘリコプターで行くように手配してある。いつもはヨットを使うんだが、十八時間もかかるし、きみが長時間ベッドをはなれるのはこれがはじめてだし……」

「あなたも一緒にいらっしゃるの？」

彼にじっと見つめられ、シエナははっと気づいた。ひとたび退院して外の世界に出れば、自分が頼れるのはこの人だけなのだ。

「一緒に行ってほしくないのかい？　知っている人がだれもいない島の、はじめての家にひとりで行くほうがいいのかい？」

自分の考えをそっくり口に出されて、シエナはぞっとして首を振った。「いいえ。でも、お仕事がおありなんでしょう……雇い主の方だって……」

なぜか、その言葉がおかしいとでもいうように、アレクシスは冷笑を浮かべた。「何も心配しなくていい。今ぼくがいるべき場所はきみのそばなんだ」彼は冷たく、よそよそしい表情になった。低いつぶやきが聞こえてきた。「きみがここにいるのはぼくのせいなんだ」

　シエナの質問を封じるかのように、アレクシスはベッドわきの小さな戸棚から身のまわりの品を取り出し、スーツケースに詰めはじめた。シエナが朝たたんだ厚手の木綿の寝巻きを見ると、彼は顔をしかめた。

「それも持っていかなければならないんだろうね。マリアにやればいい——きみにはもう必要ないから。あの窮屈なベッドで尼さんみたいな寝巻きで寝ているきみを見てるのは、いいものじゃないね。ベッドできみがぼくにぴったり身を寄せている感じを頭の中で思い出すことしかできなかったんだから」

　シエナは当惑と不安で心が乱れた。落ち着きなく唇をなめ、少し硬い声で尋ねた。「あなたの家は、わたしたちだけなの？　それとも、家族の方と一緒なの？」シエナはテオンスタニス医師が母親や妹たちと同居しており、それがギリシアでは普通のことだと聞いていた。だが、アレクシスはきっぱりと首を横に振った。

「ぼくには妹がひとりいるだけで、妹は今ニューヨークにいる。家の仕事はマリアとゲオルギウスがやってくれるから、家に着いたらすぐ家事をさせられるという心配はしなくていいよ」

「わたしたちには身内がずいぶん少ないみたいね。あなたには妹さんがひとり、わたしには兄がひとり。兄とは連絡が取れたの？」

「まだだ。だが、家族が少ないという点については、ぼくたち二人でどうにかできるんじゃないかな」

相手の目の表情を見たシエナの胸の鼓動は速くなった。「子どものことね?」

「ぼくの子どもが欲しくないんだね」シエナの前に立ったアレクシスは青白い顔に次々に浮かぶ表情を読み取り、グレーの瞳が黒に近いほど濃くなった。

「いいえ、そういうわけではなくて……」シエナは自分が子どもが好きで、欲しいとも思っていることは直感でわかった。だが、今彼が口にするような親密な関係を平静に受けとめるには、彼はまだあまりに遠い人だ。

「そう、それに、きみの目にそんなおびえた色が浮かぶのは、子どもができるのを恐れているからじゃないよ。ぼくにはよくわかる。きみは、ベッドでは進んで身をまかせるのだから」

そうなのかしら? シエナはまた唇をなめた。彼は手を伸ばし、かすかに汗ばむシエナの肌を親指の腹で探った。シエナは思わず身を引き、自分の心の葛藤《かっとう》に気づいた。事故以前の結婚生活にそのまま戻るというよりは、全くの他人とベッドをともにするようなものかもしれない。シエナが口ごもりながらその気持を説明すると、アレクシスは笑って、優しく言った。

「かえって結構さ。きみが喜ぶとわかっていることを、あらためて教えなおすわけだ」口を開こうとするシエナを遮って彼は続けた。「ぼくと別の部屋で寝るのは許さないよ、シエナ。きみの当惑はわかるが、ぼくたちは恋人同士だったし、今は夫婦だ。ぼくは、今からあらためて求愛しなおすほど若くもないし、忍耐強くもない。心ではなく、体の言うことを聞いてごらん。ぼくたちがどれほど親密にお互いを知っているかがわかるから」

シエナの「無理だわ」と答えるかすれた声は、唇を彼の口にとらえられて語尾が消えた。押しのけようとしても、相手の力強い腕は鋼のようにシエナを締めつける。舌はリズミカルな動きで、ふっくらした唇の輪郭をなぞる。シエナは自分の意思とは逆に、いつの間にか、唇を開いていた。以前こんなキスをしたことをシエナは否定できなかった。抱きしめられた背中を弓なりにそらし、指を彼の髪に差し入れ、体の中を波のようにうねっていく激情の中で、それを感じていた。彼の口が触れた肌は、やけどをしたように熱くなる。ドレスの深いV字の襟ぐりをたどる口づけに、シエナは激しく身を震わせた。胸の丸いふくらみに手が伸びてくる。シエナの激しい胸の鼓動を彼も感じているのだろうか。指は服のボタンを探りあて、クリーム色の下着に包まれた柔らかい胸のふくらみが彼の視線にさらされる。親指で薄い絹のブラジャーをなでられると、柔らかな絹はシエナの体が愛撫《あいぶ》にこたえていることを隠してはくれない。絹のへだてがすっかりどけられ、肌にじかに焼けつくような熱い口を感じる。歓《よろこ》びと衝撃がないまぜになった戦慄が体を走った。目を大きく見開いているのに、何も見えない。そっと体を押しやられ、ドレスのボタンをはめてもらっても、呆然《ぼうぜん》として立っているのが精いっぱいだ。息をすると体が痛む。体は余韻に震え、シエナは自分の中に呼び覚まされた激しい感情のほとばしりに、ひどくショックを受けた。それを見られたくなくて、彼女は顔をそむけた。

「きみはとても感じやすいんだよ」彼がシエナの心を読んだように優しく言った。「それに、久しぶりだし」

シエナはまだもうろうとし、口ごもる。「知らなかったわ。思ってもみなかった……」

彼女はベッドの端に腰をおろし、唇をかんだ。この激しい歓びの下に、のこぎりの歯のように鋭い警告、アレクシスの愛撫にこたえてはいけないとしきりに言う内なる声がある。なぜだろう、二人は結婚しているのだし、愛しあってもいる。相手にこたえてしまうからではなく、こたえないから困るというのならわかるのだが。

「まだ何か気になるのかい?」

シエナは彼を見あげた。この人は自分の夫で、過去へのとびらの唯一のかぎとなる人だ。シエナは深く息を吸いこんだ。もう今は、おびえた子どもではなく、大人として振る舞うときだ。

「あなたが触れたとき、こたえてはいけないような気がして……」手を伸ばしても、わずかなところで届かない、とらえどころのない記憶の糸をたぐり寄せたい。「なぜかわからないけれど、あなたには用心しなくてはいけないような気がして」

しばらくの間、アレクシスは立ったまま、窓の外をじっと見ていた。「医者は記憶を無理に取り戻させてはいけないと言っている。自然に戻ってくるようにしなければ。でも、シエナ、ぼくたちは夫婦なんだよ。それに、二人の結びつきがもろいものだなんて心配する必要はどこにもない。ぼくを信じてくれ。ぼくの願いはそれだけだ」彼がシエナの前に来て、二人は互いの目をじっと見つめた。「そうしてくれる? ぼくを信じてくれるね?」

シエナは心からそうしたかった。そのせいか、うなずいたとき、重荷をおろしたような気になった。彼はシエナの頭を自分の肩にもたれさせ、指をうなじの豊かな髪にすべらせて、なだめるようになでる。女を歓ばせるすべを知っている手だ、シエナは直観的にそう思った。

「どうして事故にあったの?」シエナは、前にもききたかったが、なぜか、一度も尋ねられなかった問いを口にした。

アレクシスの体がこわばるのがわかった。「ぼくのせいなんだ。ぼくたちはけんかをして、きみは通りに飛び出し、走ってきた車にはねられたのさ。きみが死んでしまったのかと思ったよ」

「変ね、わたしが覚えているのは、結婚式のことだけよ。意識を取り戻したとき、まず、式のことをぼんやりと思い出したの。わたしたち、イギリスで結婚したの?」

「そうだよ、シエナ。無理に思い出そうとすることはないんだ。そのうちに思い出すさ」

アレクシスは腕時計に目をやった。シエナはそれが高価なものだと気づく。どうしてそんなことがわかったのだろう?「支度はいいね?」

シエナはうなずいた。みぞおちのあたりが不安できゅっと締めつけられる。待たせてある車は黒のベンツで、車内は高価な革のにおいがする。この人はきっと、とてもよい仕事についているのだわ。だが、それを口に出して言うと、彼は口もとをほころばせただけだった。以前、二人はお金のことで争ったのだろうか。だがシエナは、自分が特にぜいたくだとも、財産を何より大切に思う女とも思えなかった。重要なのは、男そのものの価値で、その男が何を持っているかではない。

アテネの町に出るのは、これがはじめてだ。外の暑さと騒音に思わずひるみ、シエナは車に逃げこんだ。丘の上のアクロポリスが誘いかけるような姿をちらと見せる。アレクシスは首を振った。

「また今度だ。きみは順調によくなってはいるが、ギリシアの夏の太陽が照りつける暑さの中で見物ができるほどよくなってはいないよ」

「夏?」

シエナの驚いたような声にアレクシスは答えた。「そうだよ、きみは五月に事故にあった。今は六月の末だ。はじめの数日は昏睡《こんすい》状態が続き、その後、入院していた間は、医者の話では、おそらくぼうっとした状態が続いていただけということだ」

「どこもけがをしないで、運がよかったわけね」

「そう、もし、ひびの入った頭蓋骨《ずがいこつ》を〝どこもけがをしていない〟と考えていいならね」シエナを見る目には皮肉だけでなく、苦痛の色が浮かんでいる。そのことが何よりもシエナを勇気づけた。アレクシスはミクロス島の話をはじめた。「島はとても小さい。父が戦後間もなく買ったんだ。父と継母がヨットに乗っていて、沖で溺死《できし》したとき、よほど売ってしまおうかと思った。でも、ソフィアがいやがったんだ。今になってみると、売らずにいてよかったよ」

「島を持っているの？」ふいに、これまで腑《ふ》に落ちなかったことがすべてわかった。アレクシスがいつまでも休暇を取っていられること、いつも身につけている高価な時計や服。それに、シエナに買ってくれたドレスや下着。「あなたはお金持なのね！」

「ぼくが腸チフスにかかっていることを突然知ったみたいな言い方じゃないか。ほんとうにぎょっとしたみたいだね」彼はシエナの青白い顔と大きく見開いた目にちらっと視線を走らせた。「結婚相手が金持だとわかって、そんなに不安になる女はそうはいないよ。美しい娘なら、金持と結婚しても当然だと思うんじゃないか？」

「わたしは違うわ」シエナはきっぱりと言った。「わたしは、あなたのお金めあてに結婚したんじゃないわ」

「うん」

その短い言葉の奥に何があるのだろう？　財産めあてに結婚したと思われた時期でもあ

ったのだろうか。自分が裕福な家の出でないことは、なぜかよくわかっていた。だが、彼はとても鋭く、頭もよい男だから、金めあてに結婚したがる女を受け入れるとはとても思えない。

「わたしたち、お金のことでけんかをしたの？」

「けんかした？」シエナはその厳しい声にたじろぐ。彼はシエナをどぎまぎさせたことに気づいたらしく、優しく言った。「いや、そうじゃないよ。ぼくのような立場にいると、とかく他人の真意をはかろうとして、神経を使ってしまうんだ。だから、ぼくはいつもミクロス島に帰ってほっとしたくなる。島の人々は、質実という言葉がぴったりするような暮らしぶりだが、皆それに満足している。男は誇り高く、女も満ち足りている。さあ、着いた」

アレクシスは車を止めた。シエナが車からおりるのに手を貸し、スーツケースを軽々と運ぶ。シエナは自分のクリーム色の柔らかい靴にも、それにマッチしたクラッチバッグにも見覚えがなかった。バッグの中には、新しいリップスティック、最新流行色らしいアイシャドー、小銭、それにハンカチなどが入っていた。

遅れがちになるシエナに気づいたアレクシスは、歩幅をシエナの狭い歩幅に合わせ、ひじに手を添えてヘリコプターまで連れていく。パイロットはアレクシスにうやうやしくあいさつし、二人はギリシア語で言葉を交わした。その早口のギリシア語では、シエナには単語が一つ二つわかるだけだった。ヘリコプターに乗りこんだとき、シエナがマリアとゲオルギウスに言葉が通じないのではないかという不安を口にすると、アレクシスはにこりとした。

「大丈夫、二人とも英語が話せる。きみもギリシア語がわかるし」

「あなたが教えてくださったの？」何気なくきいただけなのに、彼は眉をひそめ、不機嫌な顔になった。

「ぼくの腕の中で、きみが愛の言葉をささやく今夜、もう一度その質問をするといい」

二人はロンドンで出会ったとアレクシスは言っていた。どうやってわたしたちは知りあったのだろう？　彼はとても金持だが、わたしはごく普通の人間だ。では、二人の道はどうやって交差したのだろう。交差しただけでなく、一緒に続いている。ロンドン――目を閉じ、考えようとする。だが、過去を思い出そうとすると、そこには何もない。ただもどかしく、苦しく、記憶を失っているとはじめて気づいたときに感じた恐れの気持に再び襲われるだけだ。

医者は時がたてばすべて思い出すと言っていたが、もし、思い出せなかったらどうしよう？　自分のことを何も知らずに一生を送ることになったら？　両親、家族、生いたちは……。アレクシスがほおに触れた。絶望のため息をついていたに違いない。ぱっと目を開くと、彼と目が合った。

「思い出そうとしていたの。でも、だめだわ！」

「きっと思い出すさ。下を見てごらん、最初の島が見えてきたよ……」彼は話題を変えようとする。この記憶喪失は、自分にとってはもちろんだが、彼にとっても困ったことに違いない。これまで、彼に対して、妻らしく振る舞ったとは言えない。これからはあらためよう。彼の言うように、心ではなく、体の言うことに耳を傾けなくてはいけない。以前のシエナは、きっと彼と体の歓びも分かちあっていたのだろう。では、彼と愛しあった自分に対して怒りの気持があるように思えるのはなぜだろう？　絶対に彼を近づけてはいけないと感じるのはなぜだろう？「下にミクロス島が見える。左のほうだ、見えたかい？」

　その指差すほうを見るためには、相手に身を寄せなければならなかった。がっしりした腿のぬくもりを感じ、ちょっと触れただけで、どぎまぎする。やっと島を見つけ、体をはなせたときはほっとした。

　ミクロス島があまりに小さく、遠い島だということがわかって不安になり、アレクシスに目を向けると、彼は言った。

「何か気になるかい？」

「いいえ、ミクロス島はなんて小さくて、遠いのかと思ったの。アテネにいたほうがよかったのではないかしら。少なくとも……」シエナは彼の目の表情にまごつき、口ごもった。シエナが恐れているのは、島が遠く、不便なところにあることではなく、島で二人きりになることだというのを彼は見抜いているのだ。

「アテネのフラットにいたって、やはり二人きりじゃないか」その言葉で、シエナは自分が彼の表情を正確に読み取ったことを知った。「だが、アテネは今、暑いし、人が多い時期だ。医者もぼくも、きみのためには島のほうがよいと思ったんだ。風は涼しいし、海岸は安全だ。泳ぐにはもってこいのところだよ」

泳ぐ？　そう、泳いだらきっとすてきだわ！　そう思ってから、顔をしかめた。なぜ、泳げることを覚えていたのかしら？　この人が病室に入ってきたあの朝まで、自分の夫について、何一つ思い出せなかったというのに。

「アレクシス、わたしたちは幸せだったの？」衝動的に尋ねてしまう。「お願い……あなたを覚えていないことが、とても気がかりなの。あなたはわたしの夫で、恋人だった人なのに……」

シエナは相手を怒らせてしまったことに気づいた。こんなきき方をするのではなかった。

覚えていないと言われて喜ぶ人はいない。

「医者が言ったろう、時が来れば思い出すさ」

シエナは相手が質問に答えていないことに気づいた。だが、繰り返しては尋ねまい。その代わりにこう言った。「妹さんのお話を聞かせて。あなたの子どものころの話も」

しばらくは、答えたくないようにも見えたが、ちょっと肩をすくめると、アレクシスは話しはじめた。「ソフィアは今、ニューヨークに夫と住んでいる。ぼくより十歳年下だ。父は二度結婚したが、二度ともヨーロッパ流の〝幸せな〟結婚ではなかった。ぼくの母と結婚したのは母が持参金を充分持ってきたからだし、ソフィアの母と結婚したのは、ぼく以外にももっと息子が欲しかったからだ。ぼくの母はぼくを産んで亡くなり、前に話したように、ソフィアの母はミクロス島の沖合いで、父と溺死したんだ」

「お父様が亡くなられて寂しかったでしょうね」

彼は肩をすくめただけで、眼下の島影を見つめている。「それほどでもない。父とぼくはあまりしっくりいってなかった。ぼくが大学を卒業すると、父は事業に参加するようにと望んだ。ぼくはほかに野心があったが、ひとり息子だし、ギリシアでは、親子のきずなはとても強いんだ。それで、父が亡くなったとき、ぼくに選択の余地はなかった。ソフィアはやっと十二歳で、ぼくが責任を負うことになったし」

「もし、事業を引きつがなくてもよかったら、何をなさるつもりだったの？」

「そうだな……スクーナーを買って、西インド諸島で回船の仕事なんかしてみたかったな。オフィスに座って、父の築いた事業の指揮をとるなどということでなくて」

ソフィアより十歳年長なら、父親が亡くなったとき、彼は二十二歳だったわけだ。その若さで、企業王国と十代の妹の責任を負わされたことになる。彼に厳しい感じがあるのは、そのためだろうか。ヘリコプターは高度を下げ、島の乾いた褐色の地面が目の前に広がった。褐色の地面と緑の間に、古代の神殿の遺跡が見える。

アレクシスの説明によると、島はとても小さいうえに岩が多く、滑走路が造れない。そこで、いつもはヨットで来るのだが、時間がないとヘリコプターを使うのだそうだ。着陸した場所の近くにランドローバーが止めてあった。

岩に生えるまばらな草や、はりえにしだの間をぬって、でこぼこ道が続く。ところどころでオリーブの木がじりじりと照りつけるエーゲ海の太陽を遮る小さい影を落としている。車は上空から見えた遺跡のそばを通った。月の女神ダイアナの神殿だったが、小さすぎて、専門家に注目されるほどではないということだ。「このあたりの島には、たいていこういう遺跡があるんだ」

小さな入江に沿って港のそばに家々がかたまり、漁船が静かな水の上でのんびりと揺れていた。

「ここでは、魚をとり、やぎを飼い、オリーブの実をとって暮らしを立てている」運転しながらアレクシスが話してくれた。

岩だらけの地面とまばらな植物。たしかにやせた土地だ。だがこの島には厳しい美しさがある。濃いブルーの海を背景にした島の景色は、たとえようもなくすばらしい。くだり坂になり、白く、細かい砂の浜辺が目に入る。前方の、湾を見おろす小高い丘の上に館《やかた》が見えてきた。

その真っ白に輝く、すっきりした建物を、すぐにシエナは気に入った。車を止めたアレクシスが手を貸して、玉石をしいた前庭におろしてくれる。まわりの花壇から、タイムの香りが漂ってきた。

「館の正面は海に面している」そう言いながら、彼はシエナを玄関へ案内した。今風の建築で、アレクシスの父親が建てたにしてはあまりに現代的だ。その疑問を口にすると彼もうなずいた。「うん、父が亡くなってすぐ、ぼくが建てさせた。ソフィアはこの島がお気に入りだったから、ぼくは夏休みを一緒に過ごせて、必要があれば、仕事の指令もここから出せる家を建てることにしたんだ」

ドアを開けると、感じのよい、四角い玄関ホールで、涼しげなタイルがしきつめてあった。真っ白い壁面と、現代的な照明がタイルの豪華なデザインを引きたてている。次のドアを開けると、海を見おろす窓のある大きな部屋だ。調度は淡いクリーム色で統一され、大胆な色のクッションがところどころに置いてある。壁にはモダンな絵がかかっていた。

別のドアが開いて、黒い髪に黒い服の、小太りの女性がせかせかと入ってきた。彼女は二人にすまなそうな笑顔を向けた。

「シエナ、マリアだよ」その女性がせきを切ったように、ギリシア語で話しかけるのにうなずきながら、アレクシスが言う。「迎えに出なくて申しわけないと言っている。ぼくの好物を支度してくれていたそうだ」

マリアが雇い主のアレクシスを大切に思っていることはすぐ見て取れたが、シエナ自身もあたたかく歓迎されていることがわかった。マリアは、シエナの記憶喪失について聞かされているらしい。

「荷物はゲオルギウスが運んでくれるし、マリアがほどいてくれる。夕食前に休みたければ、マリアに部屋に案内してもらいなさい。ぼくは、たまっている仕事を片づけてしまおう」

ずっと病院に一緒にいてくれたのだから、仕事がたまっているに違いない。シエナは笑顔で彼の言葉にしたがった。部屋を出たとき、磁石のように引きつけるアレクシスの存在から逃れることが、これほどほっとするものかと驚いた。

マリアが案内してくれた部屋はとても大きく、ほかの部屋と同様、すっきりした装飾がほどこされ、上品で居心地がいい。二人でも充分入れるほどの、大きな浴槽のあるバスルームがついている。ベッドルームの大部分を占めている大きいダブルベッドと、そのバスルームのほうに、シエナはなるべく視線を向けないようにした。庭に通じるドアがあり、海に向かって傾斜している庭の向こうに、海と空のはてしない眺望が広がっていた。

「お気に召しましたか？」マリアは誇らしげに尋ねた。そして枕《まくら》を整え、クリーム色の厚手の木綿のベッドカバーをはがした。「以前から、だんなさまが早く結婚なさるといいと思っていました。殿方に息子がいないのは、いけないことです」物問いたげな目でシエナの顔を見る。

「わたしたちは結婚したばかりなのよ、マリア」なんとなく、ばつが悪い感じがする。

マリアはくすくすと笑い、黒い目が楽しそうに光った。「だんなさまのような殿方とですと、すぐですよ、奥さま。ほんとうに男らしい方ですから、立派な息子を何人も授けてくださいますよ。女は年を取ったときに、面倒を見てくれる息子が必要ですよ。わたしたちには三人息子がいて、三人ともアテネのだんなさまのところで働いています。だんなさまは、島の子ども全部に、学校で勉強するための費用を出してくださいます。ですから、本人の希望次第で、漁師にならなくてもいいのです」

夫の、そういう情け深い一面を知って、驚いてしまうのはなぜだろう？　シエナが病院で意識を取り戻して以来、彼は親切に、思いやりをもって接してくれているというのに。

マリアが部屋を出ていってから、シエナはずっとベッドに横になっていた。体は疲れていたが、眠れるほどには緊張がほぐれていなかった。こんなふうに、いつも不安な気持でいるのはなぜかしら？　彼ならどんな女性とでも思いのままに結婚できるだろう。そんな男を夫とし、甘やかされ、大切にされ、ベッドをともにすることを望まれている。それなのに、幸せな気持になれないなんて！

いつの間にか、シエナは寝入った。目が覚めたときは、日は沈み、部屋の中は薄暗く、ずっと涼しくなっていた。バスルームから聞こえる音がシエナの注意を引く。ドアの下から明かりがもれている。ドアが開き、新しいシャツを着ながら入ってきたアレクシスの体が、薄明かりの中で浅黒く光る。シエナが目を覚ましているのに気づくと、彼は急に足を止めた。

「起こしてしまった？　そんなつもりはなかったんだ。でも、ひげをそって、着替えをしたかったものだから。夕食には起きられそうかい？　もし、ここで食べたければ、マリアに運ばせよう」

シエナは、とても疲れているので、一緒に食事ができそうもないと言いたかった。だが、疲れているというのはほんとうではない。それに、どうしてもしなければならないことを先に延ばしてどうなるというのだろう？　なるべく早く済ませてしまったほうがいいに決まっている。アレクシスはベッドをともにするつもりだと言っていた。それを考えると、たしかにぞっとするが、思いわずらっても仕方がない。一度、彼の腕に抱かれてしまえば、違った感じかもしれないし、以前の二人のことを思い出すことさえあるかもしれない。

海を見おろすこぢんまりした食堂は、ほかの部屋同様、居心地よく、あっさりした飾りつけだ。マリアが給仕をしてくれる。魚料理はぴりっとした味わいで、食欲をそそられる。シエナはアレクシスのすすめるワインをおいしく味わっていたが、面白そうに眉を上げた彼の目にシエナの気持を見とおすような冷笑を見て、さっと赤くなった。

「ワインの勢いを借りるの？」笑顔できかれると、もう、どきどきして、食欲がなくなる。

ワインはもう一杯飲んだものの、ギリシア料理のムサカの皿には手をつけられなかった。シエナはデザートも断った。アレクシスがはちみつとアーモンドの入った大きなケーキを食べているのを見ながら、どうして、彼はこんなにしなやかで、引きしまった体をしていられるのだろう、と思う。食後のコーヒーはサロンで、と言うアレクシスに手を貸してもらい席を立つと、体が震えてくる。サロンでは、わざとひとりがけのいすに座った。向かいのソファーに腰をおろしたアレクシスの口もとが引きつり、あごの筋肉がぴくりと動いた。

「音楽を聴くかい?」

シエナはうなずいた。「でも曲はおまかせするわ。自分の好みも思い出せないのですもの」

アレクシスはそれには答えず、レコードを選んでいる。ベートーベンだわ、自分にそれがわかったことが驚きだった。いすにもたれ、ゆったりと音楽に包まれる。うつらうつらしていると、アレクシスが立ってきて、シエナの体にちょっと手をかけて、さりげなく言った。

「もう寝たらどうだい。ぼくはまだ、やってしまわなければならない仕事がある。今日はきみには長い一日だったろう」

シエナは立とうとしたが、足に力が入らない。こんなに不安で緊張していることを、彼に感づかれただろうか。

ベッドルームに戻ると、手早く服を脱ぎ、シャワーを浴びる。着替えにぐずぐず手間取りたくなかったし、一番無防備でいるところをアレクシスに見られるのもいやだった。

マリアがスーツケースの中身を出しておいてくれた。引き出しをいくつか見たあとで、ネグリジェを見つける。柔らかいパステルカラーの薄手の絹のネグリジェは、とても自分には手の届かない高価なものとわかったし、下着類はどれも全くの新品だった。その薄いピンクの小さな絹の切れ端のようなものを身につけながら、これを買うときにアレクシスはわたしの体を思い描いたのかと少し赤くなる。ワードローブの一つに全身鏡がついていて、それに映る自分の姿が目に入ってシエナはびっくりした。薄手の絹のネグリジェがなめらかな肌を引きたてている。点検するように見る。やせすぎてはいるが、胸は豊かだ。アレクシスに胸を触れられたときの感じを思い出し、体に戦慄が走った。

一時間後、シエナはベッドに横たわり、まだ目をぱっちりと開けていた。緊張が高まってくる。アレクシスはいつ来るのかしら？　わたしはどんな反応を示すのかしら？　まだ他人も同然の男に抱かれるなんて。でも、もっと先に延ばして、と頼むことはできない。アレクシスはわたしを抱くつもりだと言っていたし、彼にはそれも当然のことなのだろう。

アレクシスがとうとうベッドルームに来たとき、シエナは頭が痛くなっていた。彼は黙ってバスルームに入っていく。水音がし、無限とも思える時間がたち、濡《ぬ》れた頭で、タオル地の短いバスローブをはおって出てきた。バスルームの明かりが消えて、部屋は真っ暗だ。彼が歩いてくる気配を感じながら、シエナは息をこらしていた。彼の重みでベッドが沈み、肩に触れる手を感じて、身を硬くする。名前を呼ばれ、次に来るはずのものを恐れながら、待った。

「ああ、目を覚ましているんだね。起こしてしまったのなら、悪かった」かすかに触れた彼が裸なのに気づき、思わず身を引く。彼の唇がさっと額をかすめた。彼は体をはなすと、背を向けた。「ぐっすりおやすみ、シエナ」

アレクシスが抱こうとしないとわかると、あてが外れたような、ないがしろにされたような気さえする。気持を落ち着けようとしていると、彼がもう眠っていることに気がついた。

寝返りを打ち、上気したほおを冷たく気持のよい枕に押しあてていると、彼の声がした。

「ぼくが欲しいのはひとりの女性なんだ、いけにえの女じゃない。さあ、おやすみ、いい子だ」

シエナは子どものようにすねて考えた。彼がどうしてもわたしを抱くと言い張り、その試練を早く済ませてしまったほうが、いつまでも先に延ばすよりはよかったのに。

6

シエナが遅く目を覚ますと、部屋にはだれもいなかった。庭に通じるドアのそばのテーブルに、コーヒーの入った魔法びんが置かれ、傍らのかごにはクロワッサンとアプリコットジャムが入っている。時計を見ると、十時を過ぎていた。アレクシスはきっと、もう仕事をしているのだろう。昨夜見せてくれた仕事部屋は広々として、いかにも男性の部屋という感じだった。コンピューターが完備され、そこから各地のすべてのオフィスと連絡が取れるようになっていた。

熱いコーヒーがおいしくて、三杯も飲む。クロワッサンも二つ食べ、その食欲に自分でも驚いた。暑いが庭に通じるドアから、朝のさわやかな空気が入りこんでくる。シエナはその空気に誘われ、外に出てみたくなった。着替えたら入江まで行ってみよう。だが、引き出しの中にビキニを見つけると、散歩だけでなく、泳いでみたくなった。アレクシスが、泳いでも全く安全だと言っていたし、病院であれほど長い間寝ていたのだから、思いきり手足を伸ばし、体を動かしてみたい。

手早くシャワーを浴び、あざやかな赤いビキニの上にTシャツとショートパンツをつける。ひもで結ぶビキニは、肌を覆う部分が極端に小さく、自分ではとても選びそうもないデザインだ。身につけるものをアレクシスが何もかも新しくしてくれたとなると、もとの衣類はどうなってしまったのだろう。

庭から入江に通じる道の両側は低い茂みになっていて、タイムの香りが漂ってくる。浜は白砂の、完璧《かんぺき》な半月形をしていた。ターコイズブルーの水は誘いこむように澄みきっている。シエナは目のあたりにしているものが信じられない思いで、息をのんだ。足を入れると、水はひんやりと気持よく、絹のようになめらかな感触だ。透きとおって底までよく見える。何一つ物音のしない朝の静けさにひたり、シエナはのんびりと水に浮いていた。

三十分ほど泳いだり浮いたりして、太陽にあたためられた肌にあたる気持よい水の感触を楽しんだ。もっといたかったけれど、もう戻らなくては。黙ってここに来てしまったし、日差しはこれまで経験したことがないほど強くなっている。そうは思っても、タオルで体をふくと、しばらく砂に横たわり、太陽のぬくもりが肌にしみとおっていくのを、うとうとと楽しみたいという気持に逆らえなくなった。目を閉じ、広げたタオルに横たわると、早く帰るつもりでいたこともすっかり忘れてしまった。

「シエナ！」

その声にびっくりして目を覚ます。自分がどこにいるのか、すぐにはわからなかった。アレクシスがかがみこんでいる。髪は水に濡《ぬ》れてはりつき、体も濡れていて、日に焼けたしなやかな胸を小さな水滴がころげ落ちていく。彼の短いトランクスに視線を移すと、彼は少し顔をしかめた。

「こういうのをはいているのは気に入らないかな」

わたしをお上品ぶっていると言っているのだろうか？　彼がこれほど近くにいると、たしかに気詰まりだが、それは彼の裸に近い姿に当惑しているのとは別の話だ。

「アレクシス……」自分の過去について、もっと尋ねたい。だが、相手はビキニからあふれそうな、豊かな胸をまじまじと見つめている。身をかがめてきた彼に肌を一本の指でたどられ、シエナは思わず体を震わせた。

「こんなにほっそりしてるのに、きみは驚くほど官能的だ」彼の体から、石けんの清潔な香りが漂ってくる。あごのそりあとは少し伸びはじめ、黒ずんでいる。今までただのグレーだと思っていた目は、近くで見ると、もっと濃い色が虹彩《こうさい》を取り巻いているのがわかる。

「シエナ……」今度のつぶやきは質問ではなく、別の意味がこめられている。シエナは体の奥深くがおののくのを感じた。

アレクシスが顔を寄せてきたとき、シエナは避けようとはせず、唇にそっとかすめる相手の唇を感じて目を閉じた。頭がくらくらしてくる。彼の唇は、はっきりした意思をこめてシエナの口の上を動き、両腕をなでる手は、性急でもなく、熱もこもっていないようでいて、なぜかシエナの中に反応を呼び覚ます。見あげると、アレクシスは浅黒く、なんだか、恐ろしいような感じがした。

「これはいらないね？」シエナの口もとにささやくと、両手はビキニのトップを結んでいるひもを探った。シエナの唇から、抗議とも同意とも取れる小さなうめきがもれる。あらわな肌を手で触れられると、歓《よろこ》びの波がわきあがった。

　青白い肌の上でひときわ浅黒く見えるアレクシスの指が肌にあたたかく、シエナは身内にわきあがってくる感覚に身をゆだねる。両手を相手の首にまわし、黒い髪に指を差し入れ、シエナは彼の体の下で体をそらした。

「うん、そうだ」彼はシエナが無言のうちにもすっかり身をゆだねたことに男としての喜びを感じ、目を細めた。「このきみの体が覚えているんだよ、シエナ。頭が覚えていなくてもね。そして、これも……」唇で軽く唇に触れ、両方の親指で胸を愛撫《あいぶ》する。シエナは身をよじり、相手の頭にあてていた手に力をこめ、唇にキスしてほしいという気持を伝えようとする。彼の手は体に沿っておりていき、軽く、なぶるようなキスでシエナをじらす。

「アレクシス……」

「ぼくに触って、シエナ」シエナをじっと見つめながら、アレクシスがささやいた。この人は自分の夫だし、頭で覚えていなくても、体はきっとこの人を歓ばせることを覚えているだろう、シエナはそう思う。ためらいがちに見つめ、両手をそっと相手の肩に沿っておろしていく。「そんなふうにじゃない。まるで怖がっているみたいだ。かみついたりはしないよ。少なくとも、きみがそうしてほしがるまでは」

そのあざけりに満ちた言い方にシエナはかっとし、ほおを紅潮させた。あなたはそれでいいのでしょう、あなたは覚えているのに、わたしのほうは……。

「もっとその気にさせないといけないようだね」かすれた声がのどの奥深くから聞こえてくる。手はまた激しくシエナの体を愛撫し、唇はかぐわしい肌を味わい、耳の下の感じやすいくぼみをなぶる。目はそのじらすような愛撫に対するシエナの反応をちゃんと見届けていた。

彼に触れたい、彼の名を呼び、両腕を首に巻きつけ、体をそらして抱かれたい。そういう思いが次々にシエナの顔に浮かんでは消える。彼はそれをすべて読み取り、からかうような笑顔になった。

「アレクシス……」シエナは彼にあおられた欲求の爆発にとまどってしまう。肌をさまよう彼の唇は、胸の感じやすい谷間を見つけ、肌に顔を押しつけ、くぐもった声をもらす。シエナも思わず歓びのあえぎを唇にのぼらせた。きつく閉じていた目を開け、彼を見つめる。体の重みはシエナを砂の上にしっかりと押さえつけ、黒い髪がシエナの青白い肌にかかり、指は胸のふくらみを包んで愛撫する。

無数の感覚がただ一点に集中し、口には出さない歓びの声につきあげられる。シエナは目を閉じ、彼の下で弓なりにそった。彼の髪に差し入れた指に力がこもると、うずくような唇の愛撫が続く。アレクシスが唇をはなしたとき、彼のほおに血がのぼり、瞳は、けむるようなグレーの色を帯びていた。シエナの腰に両手をまわした彼の体の高まりが感じられる。

突然シエナにうずくような欲望の波が満ち、熱に浮かされたように、彼ののどに唇を押しつける。アレクシスはごくりとつばをのみこみ、歓びを求めて低くうめいた。

「わかるだろう」くぐもった声が聞こえ、指が髪の中に差しこまれる。「きみの体がどんなにぼくの体を求め、ぼくの体がどんなにきみの唇に愛撫されたがっているか。これまで、できもしないし、したくもないときみが思っていたことが、どんなに望ましいものなのか、わかるだろう？　きみはぼくが欲しいんだ」

ずばりと、挑戦するような言い方だ。彼はこんなにたくましく、男らしい。あなたと二人で分かちあった歓びを覚えていないと言われたとき、彼はさぞ自尊心を傷つけられたことだろう。

「きみはこうしてほしいのさ」唇がシエナの胸をかすめたと思うと、てのひらがみぞおちの上に置かれ、シエナの体はうずいた。アレクシスは息を大きく吸いこみ、両手をシエナの腰にまわして引き寄せた。シエナは頭がくらくらし、言葉にならない歓びのつぶやきを口にしただけだった。互いの水着というへだてが、耐えきれないほどの肉体的苦痛になった。

「きみは自分の欲しいものがわかったのだから、ぼくの欲しいものもわかるね」指がビキニのボトムにかかっても、シエナは逆らわなかった。あらわな肌を指で優しくなでられるのは、歓びでもあり、苦痛でもあった。彼の体に沿ってなでおろすてのひらに、硬くしまった筋肉が触れ、あたたかく弾力のある肌がこたえ、熱い唇が自分ののどに押しつけられるのを感じる。目を開けると、相手の目はシエナが理解するのになんの記憶も必要としない熱情をこめて、暗く、熱く注がれている。シエナが体を起こそうとすると、アレクシスは彼女を押し戻し、優しく言った。「そのままで。きみのすべてを感じ取ることができるから」

彼の手が肌をさまよい、唇がじらすようなキスを重ねても、シエナが望む深い結びつきを与えてくれない。シエナはこらえきれなくなり、彼の下で、荒々しく身をそらした。シエナの体は、自分でも理解できない何かを求めて、激しく動いていた。本能的で、生まれながらにして知っている動きだった。

「触って、シエナ、キスして……」

それ以上うながされるまでもない。指が彼の骨格を、熱い唇が小麦色に日焼けした肌をなぞり、相手が自分に呼び覚ましたのと同じ熱い反応を引き出そうと夢中だった。男の平らな胸にためらいがちに唇を触れると、荒々しく息を吸いこんだその胸が広がる。

「きみのすべてを味わいたい」

シエナは彼の手の下で、とけてしまいそうだ。身も心も彼が与えてくれる歓びに集中している。それでも、まだ充分ではない。自分がされているように、相手を刺激したい。身をもがくと、相手が体をこわばらせ、体をはなすのを感じる。暗い目からは表情が読み取れない。

「気持を変えるには遅すぎるよ、シエナ」

硬い声がよそよそしく、ぴんと張ったあごの皮膚は、怒りで黒ずんで見える。どんなに相手が自分を欲しがっているかを知って、誤った印象を与えてしまったことを、手と唇で償おうとする。シエナに触れられるのを感じた彼の目に、驚きの色を見たように思う。以前、この人を拒んだことがあったのだろうか。そんなことがあるはずがない。こんなにやすやすと、しかも、激しく感じさせられてしまう人を、拒んだことがあるはずがない。シエナの唇がみぞおちのあたりをそっとかすめると、アレクシスは低い声をあげ、こたえずにはいられないというように熱く身を寄せてきた。

「もうだめだ。じらすのはやめてくれ！」くぐもった声が聞こえる。「きみが欲しくて、たまらないじゃないか！」

熱く、性急な唇がシエナの唇を探り、ぴったりと体を合わせる。シエナの言葉にならない叫びは相手の唇でふさがれ、二人は荒れ狂うサイクロンの中心へとさらわれていった。

シエナの体に歓びがはじけた。歓びのいくつもの輪が渦を巻き、神経のすみずみに広がっていく。そのくらくらする、身を焦がす歓びも、また自分が相手に呼び覚ました激しい飢えを自分で満たしたと知った狂おしいまでの歓びも、忘れはしないだろう。

シエナは、まだせわしく上下しているアレクシスの胸に目をやり、そこに頭をあて、そのにおいと感触に鋭く感覚を刺激されていた。二人の体はまだ歓びの波にひたされて、はなれずにいる。アレクシスはくるりと横向きになると、シエナを抱きしめた。玉のように汗が吹き出している彼の肌を、シエナは体を丸めて舌先で味わった。こんな小さなことにめくるめく歓びを感じるのはなぜだろう？　泣きたいような、笑いたいような気持だ。けだるい歓びに身をゆだねたくもあり、また、頭の先から、今砂にめりこんでいる爪先に至るまで、体中がずきずきするほど息づいているこの感じを言い表す言葉を見つけたいとも思った。

シエナは伸ばした手を彼の体に沿って動かし、ただ彼に触れているという単純な喜びに心を奪われていた。愛をこめてそっとキスしながら、彼の息づかいがもとに戻るのを感じていた。

アレクシスは目を開け、じっと見つめる。「それはなんのつもりだい？」

「こうしたいからしているの、いや？」

彼は声を出さずに笑うとシエナを抱き寄せた。「いやかだって？　とんでもない、こんなふうに女性に触れられるのはなんとも言えず、気持のいいものさ」

「これは、わたしの〝ありがとう〟の言い方なの」シエナは、ふいに自信が持てなくなり、目をそらした。以前、わたしはこの人に対して、どんなふうに振る舞ったのだろう？　また、この人はわたしを物足りなく思いはしなかっただろうか？　アレクシスはビキニを渡してくれ、自分もトランクスをはいた。

「ここにずっといると、日焼けがひどくなるよ。ぼくは平気だが、きみの皮膚は大変なことになる」

シエナは見ないふりをして、彼を見ていた。すらりとしてたくましく、皮膚の下で筋肉がなめらかに動く。ただ彼を見ているという単純なことがこんなにうれしいなんて。

「ゆうべ……」シエナは言葉を切って彼に視線を向けた。その腕に抱かれていないと以前の不安な気持にまた襲われ、二人の間の溝を強く意識してしまうのはなぜだろう？

「ゆうべ？」アレクシスは続きをうながしながら、シエナのタオルをたたんでくれる。

「わたしが思ったのは……」

「きみは、ぼくが夫の〝権利〟を主張するだろうと思ったということだろう？」アレクシスは首を振った。「ゆうべ、きみは疲れていたし、緊張して、ぼくをとても警戒していたじゃないか」

「わたしがここに来たことがどうしてわかったの？」

「出ていくのが部屋の窓から見えたのさ」

「わざわざあとをつけてきたというわけ？」

「よこしまな思いを遂げるために？　そんなことを考えているのかい？　なかなか帰らないから、どうしたのかと思って来てみたんだよ。寝ているきみを見たときは、眠れる森の美女の目を覚ませるだろうかと思ったよ」彼は歩きながらシエナの手を取り、抱き寄せてキスをした。屋敷が見えてきた。「ぼくはこれから仕事だ。きみは医者から無理をしないようにと言われているのだから、昼食を済ませたら少し横になるといい」

「アレクシス」

彼は名を呼ばれて立ちどまった。こちらを見たその目が、日の光を受けて細くなり、ちかちかと光っている。

「事故の前のことをわたしが忘れてしまって、あなたも気になるでしょう？」小さな野の花をつみ取り、花びらを一枚ずつむしっていると、彼に取りあげられてしまった。

「気になるのか？」

「ええ、わたしの人生の、とても大切な部分を、どうして忘れてしまえたのかしら？　一番最初にあなたのことと、あなたへの愛を思い出してもいいはずなのに……」

「ぼくを愛していることを思い出したんだね？」

シエナはためらい、少し顔をしかめた。「ええ……なんて変なんでしょう――口に出して言うまで、気がつかなかったなんて」

「きみの体が知っているんだよ」アレクシスはささやいた。「ぼくがそう言ったじゃないか」

「ええ。浜にいるところを見つけてもらって、ほんとうによかったわ」シエナはささやくように続けた。「アレクシス……」

「うん？」

愛してくれているの、と尋ねたかったが、口には出さなかった。彼がわたしをこれほど大切にしてくれているのに、その気持を口に出して確かめようとするのは、幼稚でばかげているように思える。「なんでもないわ……」

二人はまっすぐ部屋に行き、シエナは鏡に映る自分の姿を見つめた。髪を乱し、上気した顔のこの女性がほんとうにわたし？　目は金色を帯びた茶色に輝き、表情は生き生きと満ち足りて、体はアレクシスとの愛の行為でまだ熱くほてっている。自分の表情に表れているあからさまな官能に驚いて、大きく見開いた目。その目のけだるげで、秘めやかな表情は自分のもののようではなかった。

「シエナ！」

「ごめんなさい。何か言った？」

「シャワーを浴びたいだろうと思って」アレクシスは手を伸ばしてシエナの肌に触れた。「砂まみれだろう」

「ええ、髪もべとべとよ。わたしが先にシャワーを浴びて、髪を乾かしていいかしら?」

彼の目にすべてを見とおすような表情を認め、シエナは心をかき乱されてのどがからからになった。

「一緒にシャワーを浴びようかと思ったんだが、また今度にしよう。疲れさせてはいけないと医者に言われているのだから。ぼくの子どもを宿したかもしれないという感じはある?」

それはシエナが一度も考えてみないことだった。だが、その声の響きは、彼が父親になることになんのためらいも感じていないことを語っていた。

「わたしはこの前……もしかして……?」

彼はきっぱりと首を横に振った。「いや、違う。だからと言って、今度ぼくの子どもがきみの中に育たないとは言えないよ」

彼の手がシエナの腹部に触れる。そのあたたかいてのひらを肌に感じたシエナは、自分がどんなにこの人を欲しがっているかを思い知って、呆然《ぼうぜん》とした。今朝までは、この人の愛にこたえられることさえ知らなかったのに。シエナの消えてしまった記憶の後ろに、どんな秘密が隠されているのだろう? 絶望の冷たい指が背筋をはう。そのひやりとするメッセージは無視して、アレクシスの言葉だけに耳を傾けなければ。

「ぼくの体は今朝、きみにとてもしっくりと受け入れられたろう――だから、今でもきみが欲しいくらいだ。マリアに昼食はいらないと言おうか?」彼はシエナの表情を見ると、かすれた、満足げな声で笑った。「うん、なかなか気をそそられる考えだ。でも、ぼくは仕事をしなくてはならない。それに、まだ今夜がある。今夜きみのところに行ったら、震えて、青ざめるかい? ぼくに触れられるのをいやがって、身を硬くするかい?」

シエナは彼の肩に頭をもたせかける。予期しない涙がにじんできた。「知らなかったの」というのが、やっと口にした言葉だった。「わたしたちの間がどういうふうなのか。ああ、思い出せさえしたら! わたしたち、どうやって知りあったの? どうやって恋に落ちたの? わたしはごく普通の人間なのに、あなたはお金持で……」

「ぼくたちはオフィスで会った。きみに会った瞬間、ぼくはきみをぼくのものにしたいと思った」

「そして、もちろん、わたしも一目で恋に落ちたんでしょう?」

「きみは前にそう言ったよ」

記憶は戻ってくるだろう。戻ってくるはずだ。数多くの、彼と分かちあった瞬間があるに違いない。彼に触れられたときの感じを思い出すと、それが間違いでないことがわかる。辛抱強く待つことだ。時が来れば思い出すだろう。思い出さなければ!

7

「寝る前に庭を散歩しないか？」

二人はまたベートーベンを聴いていた。たっぷりとった夕食とおいしいワインのせいか、シエナはうつらうつらしていた。

アレクシスの黒い髪を見ていると、体の中に興奮が渦巻いてくる。昼食後アレクシスが部屋を出てから、シエナはぐっすり昼寝をした。夕方目を覚ましたとき、彼の仕事は終わっていて、二人でまた泳ぎに行った。

シエナは泳ぎのあとも抱いてほしいと思ったし、今もまた同じ思いでいる。だが、彼の言葉にしたがって庭へ出た。玉石をしいた小道を彼に導かれて一緒に歩く。闇《やみ》に包まれているせいか、庭の香りはいっそう強くあたりに立ちこめ、シエナ自身の感覚も鋭くとぎすまされてくる。腕に感じる手のぬくもりが背筋に歓《よろこ》びの震えを伝え、みぞおちのあたりに期待がうずく。脈が速くなり、まるで体がとけて骨がなくなってしまったようだ。小石につまずいた彼女を支えてくれた彼の指が肌に食いこみ、息があたたかく広がる。目を閉じ、男らしいにおいを吸いこむと、衝動につきあげられ、絹のシャツからのぞいているのどもとに唇を押しつけた。てのひらに彼の激しい心臓の鼓動を感じる。アレクシスはシエナを抱き寄せ、指で背筋をなで、唇を押しつけられたのどをそらした。

「おやおや、ここで抱いてほしいのかい？　はじめて女を抱きたくてうずうずしている若者みたいに、今、庭で？　きみに触れずにいて、目に燃える欲望に気がつかずにいればよかったのかもしれないな」

彼を欲しいと思う気持にはわれながら驚く。二人は結婚しているのだし、かつては恋人同士だった。それなのに、これほどまでに貪欲《どんよく》に彼を求めずにいられなくさせるものはなんだろう？　いつも二人の上に影が差しているような気がするし、彼に触れるとき、漠然と間違ったことをしている気持になるのはなぜだろう？　シエナはそんな気持を押しやり、彼に身を寄せ、唇にそっとじらすようなキスをする。体を押しつけ、ほっとため息をもらす。彼の自制もそれまでで、シエナを抱きしめると、熱いキスをした。ごわごわしたジーンズ地がドレスの柔らかい絹地をこすり、彼の体が熱い情熱のメッセージを送ってくる。シャツカラーのドレスには、小さなパールのボタンがついている。彼はそれを引きちぎるように外すと、顔をうずめ、胸の谷間に沿って唇をはわせた。

「どうしてブラジャーなんかつけているんだ？　きれいなきみの胸にこんなものはいらないよ」

アレクシスは薄い絹サテンのブラジャーを外し、胸の輪郭を服の上から唇でなぞった。胸はじかに触れられるのを待ちこがれて、絹の下で高く盛りあがる。

「きみが欲しい」なぜか、それを口にするのが腹立たしいような、ぶっきらぼうな言い方だ。シエナは黙ったまま向きを変え、二人で寝室に戻った。シエナも、はてしない欲望にあおられ、二人をへだてている服を脱ぐのも、もどかしい。じれたように服を脱がせているアレクシスの肌に、シエナのため息が広がる。シエナのてのひらは、もう、男の平らな胸に置かれ、唇は汗ばんだ肌をさまよう。

今度は、時間をかけた愛のたわむれもなく、強烈な欲求だけが二人を圧倒していた。シエナは相手の体をつきあげているものにこたえて背中に爪を立て、肌を歯でかみ、腕の中で頭をのけぞらせた。二人はとけあって歓びを求めあい、昼間のときと同じ高みに導かれるやともに空中に舞いあがり、やがて、そっと地上に舞いおりた。

二人は眠り、目を覚ますと、今度はゆっくり愛しあった。シエナは自分の反応の激しさにあきれる思いだ。愛撫《あいぶ》に身をまかせきってしまう自分にも驚いていた。体に打ち寄せる快楽の波に奔放に身をゆだね、身内に広がるけだるい歓びにひたっていた。

次に目を覚ましたとき、アレクシスはまだ眠っていた。丸く寄り添って寝ていたシエナは、男らしい体にそっと触れてみる。彼は眠ったまま体を動かし、何事かつぶやきながら、手を伸ばして胸を探ろうとする。シエナは柔らかにとけて、相手の望むままに作りあげられる粘土になったような感じがしてくる。相手に触れられるままに反応する自分の体をうれしいと思うが、同時に、自分だけが一方的に相手の意のままにされていることに気づく。

彼は目を覚まし、いたずらっぽい笑みを唇に浮かべた。

「アレクシス……」シエナが問いかけると、彼は次の言葉を待ちながら、胸をゆっくりとなでた。思わず彼に抱きつきたくなるのを抑え、シエナはためらいがちに尋ねる。「わたしには……あなたが最初の恋人だったの？　それとも……」

「ぼくが最初で、最後だ」ぶっきらぼうな答えだ。彼の指の動きが止まり、シエナは彼が遠のいていくのを感じる。「きみはみだらな女じゃないよ。もし、そういうことを気にしているのならね」

「わたしはあなたにこんなにこたえるのに、それなのに、あなたを覚えていない。それが怖いの」

「きみの体はぼくを知っている。忘れてしまったのは、きみの心だけなんだ」

「あなたはこれまで、大勢の女性とつきあってきたんでしょう？」

「とても大勢さ」あざけるように言う。「ぼくに何をききたいんだ、シエナ？　ほかの女たちよりも、きみのほうが好ましいということか？　きみはぼくの妻じゃないか、それが答えだ。今朝も一緒に泳ぐかい？　もし、泳ぐなら、ビキニなしがいいな。きみの体が水中で、なめらかに、冷たくぼくの体をこすっていくのを感じたい。ぼくが触れると、きみの目は欲望の深い色を帯び、体はぼくを迎え入れようとするんだ」

彼はシエナの唇に唇を寄せた。短い、じらすようなキスに、シエナは思わず相手の肩をつかみ、体をそらす。彼は体を硬くし、頭を持ちあげ、何かに聞き耳を立てた。シエナも耳を澄ました。

「ヘリコプターだ。だれが来たのか見てこよう。きみはここにいなさい」

アレクシスは立ちあがり、裸のまま大股にバスルームに向かった。肌はむらなく日焼けして、シエナの歯が夢中でつけた薄いあとがある。それを見ると、奔放に愛しあった昨夜を思い出し、ほおがほてる。彼はシエナが夢にも思わなかったことをするように、うながした。だが、夢にも思わなかったなどと、どうしてわかるのだろう？　事故にあう前の考えや感情がどうしてわかるのだろう？

バスルームから戻ったアレクシスの髪は濡《ぬ》れ、腰に巻いた白いバスタオルと対照的に肌は浅黒く、つややかだ。彼がジーンズと白い木綿のシャツを手早く身につけるのを見ているだけで、歓びの渦が身内にわきあがってくる。

「すぐ戻る。たぶんだれかが書類を持ってきたんだろう」

彼が行ってしばらくすると、シエナはふいに待ち遠しく、不安になり、起きあがった。バスルームには、彼の使った石けんの香りが残っている。目を閉じ、勢いよくほとばしるシャワーを浴びながら彼を思うと、体がこわばるのを感じる。

シエナは薄いピンクのジーンズと、それに合うTシャツを着た。昨日浴びた太陽のせいで、肌はまだほてり、柔らかくカールした金髪は肩に届いている。ローションをつけ、濃いグレーのアイシャドーとリップグロスであっさり仕上げる。唇は痛くはないが、激しくキスされたことが見る人にわかるほどはれている。不思議な思いで唇に触れてみる。目がけだるい光を帯びている。自分の考えていたことにはっと気づき、シエナは身を震わせた。サロンに近づくと、アレクシスの話し声が聞こえてきた。怒った、厳しい声だ。「ここへは来るなと言っておいたはずだ」

悲しそうな女の声が答える。「でも、アレクシス。来ずにはいられなかったわ——何をしたのか、聞いてしまったのですもの。いったい、どうして、あんなことができたの！アレクシス、信じられないわ！」

シエナの心臓にナイフがつき刺さり白熱の炎が燃えあがった。だれと話しているのかしら？　書類を持ってきた人でないことは確かだ。そう、そこにいるのは別の女性、シエナ同様、アレクシスと分かちあう愛の歓びを知っていて、妻という名の女性のためになど、身を引きたくないと思っている女性なのだ。シエナは少し開いているドアを見つめた。どうしても自分のライバルを見てみたい。そっとドアに近づき、中をのぞく。とたんに顔から血の気が引き、唇から驚きの声がもれた。ドアを押してしまったらしい。ドアが開き、アレクシスが振り向いて厳しい怒りの表情で見返した。彼と話していた若い女もシエナを見つめた。体が震える。なんということ！　なんてばかなわたし！　恋人だなんて！　心配そうな表情を目にたたえた、黒い髪の、白い肌のこの女性は恋人などではない。シエナは顔をきっと上げてアレクシスに対する憎しみと敵意を目にこめ、手を差し出して静かに言った。「こんにちは、ソフィア」

兄妹《きょうだい》の間に視線が交わされる。シエナはその意味を了解し、冷たく言った。

「そう、驚いた？　声がしたので、夫がほかの女性と会っているのだと思ったわ。あなたを見るまではね」

「シエナ！」

一瞬のうちに戻った記憶の中で、シエナはアレクシスが自分を呼ぶ声を聞いた。苦痛と屈辱の深い谷を渡ってくるその声。自分の声が祈りのように答えた。「愛している……愛しているわ……」

シエナを見つめていたアレクシスは、ゆっくりと言った。「思い出したんだね？」

「何もかも」この力のない、かぼそい声がほんとうにわたしの声？「さぞ、いい気味だと思っていたのでしょう、二人の間に起きたことを何も知らず、愛しあうことが、どうして〝間違って〟いると感じるのかもわからないわたしを見て」

苦しみが体の中をのたうちまわり、シエナは顔を引きつらせた。アレクシスの厳しい怒った表情にも、ソフィアのおろおろした表情にもひるまず、シエナは言い募った。

「あなたには、そのわけがわかっていたのね、アレクシス。でも、知っていながらやめなかった。復讐《ふくしゅう》するのにおあつらえ向きのチャンスを手に入れたというわけね。塩水を飲んだときと同じね。飲めば飲むほど、欲しくなるそうよ」

「シエナ、ぼくにも説明させてくれ」

「何を説明するって言うの？　説明することなんてないわ。わたしはもう、全部知っているのよ」

「ぼくは間違いを犯した」彼は静かに言った。「そのことで、一生非難されなければならないのか？」

「間違い！」シエナは苦痛をこらえ、敵意をこめたまなざしで彼を見つめた。この人は、自分のしたことがほんとうにわかっているのだろうか。わたしを経験豊かな男の手管にたやすくまいってしまった愚かな娘に仕立てあげ、その感情をもてあそび、ずたずたにしたのだ。それだけではない。わたしは一目見たときから、相手がどんな人間か、だれなのかも知らずに愛し、この人こそ自分の愛する人だと思いこみ、すべてをささげてしまったのだ。あのはじめて会った日、彼はわたしの手を取り、自分の望むまま、どこへでも連れていけただろう。わたしは彼に対して、それほどまでにひたむきだった。だが、彼がそれに気づかなかったのが、ただ一つの救いだ。彼はわたしが思っていたような男ではなかったのだから。わたしはアレクシスへの愛から自由になれたと思っていた。ところが、アレクシスは記憶喪失を利用して……。そのやり方は、ちょうど……。

シエナはきびすを返し、以前と全く同じように部屋から走り出た。涙で前が見えない。腕を乱暴につかまれ、引き戻される。まるで野生の動物のようにシエナは抵抗した。悲しそうなソフィアの顔、どこからともなく現れたマリア、などが目に入る。アレクシスはシエナを平手で打ち、くずおれた体を抱きあげて二人の部屋へと運んでいく。シエナが一番行きたくないところへ！

シエナがもがいて叫んでも、アレクシスは無視し、ドアを乱暴に押し開けて、ベッドにおろした。のどを押さえ、薬を二錠、無理やりのませる。シエナには無限とも思える長い間、もがくのを見つめている彼の目は、あのコテイジの夜と同様、無情で冷ややかだった。

シエナはなんとか目を開けていようとしたが、薬がきいてもうろうとしてきた。アレクシスはシエナに上がけをかけると、ドアのそばに立った。こちらを見つめる顔からは、表情は読み取れない。暗闇がしのび寄り、シエナを包みこむ。聞こえるのはひとりぼっちの子どものように泣いている自分自身の声だけ……。だんだん、その声も静かになり、シエナは忘却の世界に身をゆだねていった。

目を覚ますと、アレクシスがベッドのわきで腕組みをして立っていた。その目には、なんの表情も浮かんでいない。深く息を吸いこんだシエナは体がひどく痛むのを感じた。こぼれそうになる涙を見られたくなくて、横を向く。時計に目がとまる。九時？　でも、薬をのまされたのは……。そして今、空は明るい。ほとんど丸一日眠っていたんだわ！

「ソフィアは？」尋ねるべきことはもっとたくさんあるはずだ。もっと大切なことが。

「帰った、アテネに送り返した」

「お気の毒ね」なんの感情もこもらない、乾いた声だった。目をしばたたいてこぼれそうになる涙を抑え、顔に表情を表さないようにする。アレクシスが動くと、シャツを通して筋肉の動きが見える。どんなふうに彼に触れ、心の奥深い思いを告げ、愛を交わしたか……思い出すと自己嫌悪に胃が締めつけられる。「ヘリコプターを呼ぶにはどのくらい時間がかかるかしら？　なるべく早くここを出ていきます。わたし……」

「出ていくんじゃない。どの程度まで思い出したんだ？」その声はシエナの声と同じようにうつろだった。光を受けた顔に、しわが刻みこまれている。

「全部、何もかも――二人の出会いも、ロブがソフィアをレイプしたと思ったあなたがどんなふうにわたしに恋をしかけたか。……どうしてこんなことができたの、アレクシス？」シエナはふいに自制を失った。「わかっていながら、どうしてここに連れてくることができたの？　どうしてわたしと結婚なんかできたの？」心に新しい思いが浮かんだ。「わたしたちはほんとうに結婚しているの？　それとも、これはあなたが楽しんでいる別のゲームなの？」

「やめろ――きみは気持が高ぶっているんだ、シエナ！　信じてくれ。ぼくほど後悔している者はいないだろう。だが、済んだことだ。ぼくのせいで、きみはあやうく命を落としそうになった。ぼくたちは結婚しているんだよ」シエナの不信の表情を見て、アレクシスは厳しい顔つきになった。「きみ自身、結婚式を覚えていると言ったじゃないか。事情を説明して、病院で式をあげたんだ」

「どんな説明をしたの？」シエナはひどく腹立たしかった。以前、愛してなどいない、復讐したかっただけだと言われたときより、もっと腹が立った。彼は一度、シエナの命を縮めるようなことをした。シエナはもう彼とのことは終わったと思っていたのに、彼は一度辱めただけでは満足せず、もう一度、繰り返すことを望んだのだ。

「きみが婚約者で、ぼくの子を宿しているかもしれないこと、それに、結婚は二人が望んでいたことだと言った。事故のあと、数日間昏睡《こんすい》状態が続き、手術が必要になるかもしれなかった。しかもきみの兄さんとは連絡が取れない。そこで、医者は結婚に同意した。もし、手術ということになれば、ぼくが夫として手術に同意する権限を持つからだ」

「でも、なぜ？　なぜ結婚を？」

「ぼくはギリシア人だ。ぼくの家には、大昔にまでさかのぼるおきてがある。ぼくはきみを辱めた。事故が起きたのは、ぼくのせいだ。ぼくにできるただ一つの償い、それをすれば、同時に家の名誉も守れる。きみも自分に正直になれば、結局、それはきみの望みでもあったことを納得するはずだ」

「違うわ！」怒りが燃えあがる。「わたしが望んでいたのは、わたしが愛するようにわたしを愛してくれる男性、わたしが愚かにも信じ、存在しないことをあなたが教えてくれた男性よ。入院中、わたしは自分の心が伝えようとしたことに、もっと耳を傾けるべきだった。あなたに不安や疑いを抱いたのも、もっともだったわ。うそをついたのね。もし、わたしがほんとうのことを知っていたら、決してここへは来なかった。それがわかっていたのね。以前からノーマルな結婚をしていたと思いこませて！」

「そうなるのだから、いいじゃないか。ぼくたちは結婚している。それは厳然たる事実だし、結婚は有効だ。名実ともに完全なのだから」

シエナは赤くなり、次に青ざめた。声は苦しげにかすれる。「わたしをだまして、そうしたのだわ。わたしが疑っていたのを知っていたくせに。あなたは、何もかも承知のうえで、わたしに……」あなたを愛するように仕向けたのでしょう、と言いかけ、言葉をぐっとのみこんだ。彼に欲望を感じ愛しあいたいと思ったことは確かだ。だが、そのときでさえ、心の奥では疑っていたのだ。「ほかのことは全部許してあげられる。でも、あのことだけは、決して許せない」

「〝あのこと〟というのは、ベッドをともにしたことを言っているのだろう？　ほんとうのことを話していたところで、やっぱり、ぼくたちは愛しあっていたさ。あのコテイジでの夜、ぼくには、二人が完全にしっくりいくということがわかったんだ」アレクシスの声には全く感情が表れていない。シエナを見すかすような冷たい微笑で口もとをゆがめる。「それなら、きみがどんなふうに〝この次は〟と言ったか、覚えているね……」

「ええ」顔はほてり、声がとがる。「そして、あなたは〝この次〟は決してないし、わたしがあなたの腕の中で歓びを感じることも決してないと言ったわ」

アレクシスは肩をすくめた。「では、ぼくはその両方で間違ったわけだ」彼はすばやく近づき、顔をそむけようとしたシエナのあごをとらえた。あたたかい息が肌にかかり、こちらを見ろというようにせまる目は暗く、怒りに燃えている。「きみがぼくにこたえたことは否定できまい。ぼくを求めたことも、そして……」

「うその生活をしていたことも。でも、知った以上は、うその生活は続けられないし、あなたの妻として暮らすことはできないわ。わかるでしょう？」

「あのときと今と、どこが違う？　きみの体は、真実を知ったら、ぼくの体に違ったこたえ方をすると言うのか？」彼は荒々しい口調で言い、目は怒りに燃えている。「どう違うんだ？」

「知ってしまえば、違うわ……わたしたちの間に愛がないことを。そして、あなたが〝義務〟だと思って結婚したことを」

「それで、自分たち二人を非難しようとするのか？　ぼくたちが互いに感じる歓びは、きみもよく知っているくせに、認めようとしないのか？」

「互いに愛しあっていると思えばこそ、歓びを感じるのよ。あなたから逃げ出した女が、あなたに触れられて〝歓び〟を感じるだろうと思うの？」

「きみはちゃんと感じているのさ。それをきみが認めるとは思わないけれどね。逃げ出したという事実で、ぼくに無関心でないことがわかる。以前はぼくを愛していると言った。今は憎むと言う。どちらもたやすくは抑えこむことのできない強い感情だ」

「あなたを、愛する人だと思いこんだから、愛したのよ。今はあなたが憎い。この結婚はもうおしまいよ。ほんとうのことを知った以上、あなたとは暮らせないし、暮らしたくもありません！」

「結婚はこのままだ。わが家にこれまで離婚はなかったし、ぼくが最初のケースになるつもりもない」

アレクシスが今のような気分でいるときに、言いあいを続けてもむだだ。もし、彼がそうしたいと思えば、シエナはこの島で、とらわれの身となるほかはない。今は、いやみを言うのが精いっぱいだ。「それなら、そういうことにしておきましょう。でも、二度とあなたの妻としては暮らしませんから」

彼の口はゆがみ、目には暗い表情が浮かぶ。シエナは身をすくめた。脈がどきどきと打ち、警告のメッセージを頭に送ってくる。

「それなら、きみがもうぼくの息子を宿していることを祈るだけだ。もし、そうでなかったら……」

「そうでなかったら、どうするつもり？」シエナは心の中に鳴り響く警鐘を無視して言い返した。「いつか、兄が妹さんをレイプしたと言ったけれど、そんなふうにわたしをレイプするつもり？　この茶番劇が一巡してもとに戻るには、そうすることが必要なのでしょう？　もう、出ていって」アレクシスはドアに向かった。その背に向かってシエナは尋ねた。「もし、ソフィアが来なかったら、どうするつもりだったの？　わたしをずっといつわりの世界に住まわせて、決してほんとうのことを思い出させないようにするつもりだったの？」

「過去は自然に思い出すのがいいという医者の言葉にしたがったまでだ。それに、きみの反応を見ていると、医者のアドバイスが正しかったことがわかる。きみの振る舞いは、大人じゃなくて、かっとなった子どもみたいだ。きみは以前、ぼくを愛すると言った。だがその愛は、愛する男にどんな間違いも許さない、かたくななものだったのか。ぼくたちの結婚は破棄できないんだ。兄さんを弁護し、ぼくたちの間の事件を黙っていることで、兄さんを守ったきみの勇敢さにぼくは敬服した。そして、そういう女性をぼくの息子の母親にできれば、と思った。だが、きみ同様、ぼくのほうも、だまされていたような気がしてきた。今朝のきみには勇敢な女性のかけらもない。なぜ正直に、今あるものをもとに、一緒に人生を築いていこうとしないんだ？」

「今あるもの？　セックスのことを言っているのね！」相手の顔がみるみる紅潮した。口にしなければよかった。彼の怒りは、こわばった顔や、シエナに注がれるぎらぎらした目からも見て取れる。

「なんてあっさりと言ってくれるんだ。だが、そんな簡単なものじゃないとわかってくるだろう。きっとそのうちに、きみはこれまでのことを思い出して眠れなくなり、肌に触れるぼくの唇を求めて、身を寄せてくる。誇りも、怒りもかなぐり捨ててね」

「絶対にそんなことはないわ！」

「これ以上、言いあいをするつもりはない。きみがもう一度、大人の分別を取り戻したとき、話しあおう。それまでは、ひとりですねているんだな」

「兄に手紙を書いていいわね？　兄が帰国したら、どうしたのかと心配するわ」

「もちろん、手紙を書くのはかまわないし、いつでも、ここを訪ねてくれていい――だが、これだけは覚えておくんだ。ぼくたちの結婚のいきさつを明かすことは許さない、だれにも。わかったな？」

　どういう方法で、その脅しを実行するつもりか尋ねたかったが、以前ロブが、シエナに害を加える男がいれば殺してやりたいと思うだろうと言ったときの顔が胸に浮かんだ。もし真実を打ち明ければ、ロブを危険にさらすことになるかもしれない。アレクシスは金持で、ロブを破滅させるだけの力を持っている。ロブの身を思えば、打ち明けることはできない。ほかの点はいざ知らず、この点では、アレクシスが勝ちを占めたのだ。

「少なくとも、結婚相手がお金持で幸せだわ」アレクシスがドアを開けたとき、ばかにしたように言ってみた。そんな皮肉を投げつけたのは、相手のアキレスけんを見つけ、自分と同じように、相手を苦しめたかったからだ。

彼は立ちどまると、振り向きもせず、うんざりしたように言った。「そんなことを言っても、なんにもならないよ、シエナ。きみ自身よりぼくのほうがきみという女を知っていることを忘れているね。きみは財産などに価値を置く女じゃないんだ」

部屋にひとり残されたシエナの思いは乱れた。ドアを開けてソフィアを見て以来、思い出すまいと努めてきた過去の情景が次々と心に浮かぶ。目は涙をこらえようとして、心は苦しみで、ひりひりと痛む。アレクシスが結婚したのは、真実を知った彼が自分のプライドを満足させるためだ。かつて、彼との結婚こそこの世でシエナが望むすべてだった。だが今、シエナが手にしているのは、結婚のうつろな抜け殻にすぎない。シエナは自分を愛してくれるアレクシスと愛を交わしたかったのだ。彼の愛撫にこたえた一つ一つのしぐさが自分の気持を表している。それを思い出すと、身震いする。二人の間に愛があると信じきって身をささげ、相手もまたシエナのなすがままにさせていた。それがシエナには許せない――承知のうえで、二度までシエナにばかなまねをさせた。止めることもできたのに。この結婚は仕組んだものだと言うこともできたのに。彼ほど経験豊かで鋭い男なら、二人

なのに。

何も知らないシエナが気持を表してしまうのを、彼はさぞ面白がって見ていたのだろう。もし、シエナが過去の記憶を失っていなかったなら、決して彼をそばに近づけたりしないと承知していて、陰でさぞ笑ったのだろう。そのことがまた、真実を知ったときのシエナを見る彼に、刺激や興奮を添えたのだろうか。たしかに彼は、シエナが彼に示す崇拝や、彼に抱かれるときの歓びや恐れを面白がっていた。ああ、どうやって耐えていこう？　辱められたことを知りながら、その人のそばで暮らすことにどうやって耐えていけるのだろう？

何か方法を見つけなくてはなるまい。二度とベッドをともにするつもりがないことは、アレクシスにはっきり言っておこう。シエナは歯を食いしばった。決して、彼は抱いてほしいというシエナの言葉を聞くことはないだろう。二度と再びシエナが甘い声で誘いかけ、熱くしなやかな体で彼に身を寄せることはないだろう。あれほどあからさまに自分の気持を表し、知らず知らずのうちに自分を辱め、誇りも、自尊心もすべて失っていた。それを思うと、自己嫌悪のあまり、胸がむかむかする。この気持をいやす道はただ一つ、アレクシスに絶対屈服しないことだ。彼に自分から身を寄せるくらいなら死んだほうがましだし、いつかは抱いてほしがると言った彼の言葉が万一現実になり、そのとき、鏡に映る自分の姿を見なければならないくらいなら、どんなひどい拷問でも受けるほうがました。

数日間、二人は他人のように暮らした。会えば、よそよそしい態度をとったが、シエナはなるべく彼を避けるように気をつけていた。客間の一つに寝室を移すことにし、マリアの非難するような、気づかわしそうなようすも、アレクシスが口をへの字に結んだのも無視した。シエナがいずれ、ひざを屈して、彼の与えるものをなんでもありがたがり、二人が分かちあった歓びを求めてベッドに戻ってくると彼は信じているが、それは考え違いというものだ。

日中、シエナは島を歩きまわって過ごしたが、あの入江には足を向けないようにしていた。島に来た翌朝、泳いだあとで、アレクシスへの思いをさらけ出してしまったあの入江へは。

シエナはランドローバーを借りて港のそばの小さい村に行き、たどたどしいギリシア語の受け答えで村人を喜ばせたり、ただ一軒ある雑貨屋を冷やかしたりした。シエナが出歩いている間、アレクシスは仕事をしていた。仕事部屋からはいつもコンピューターの機械音がしていたが、シエナは足を踏み入れようとはしなかった。アレクシスはシエナが身ごもっていることを願っていたが、そうでないことは、もうはっきりしていた。彼にそれを知られてしまったら、どうなるのだろう？　不安で胃が締めつけられそうだ。彼が無理にシエナを抱こうとしても、シエナからはなんの反応も得られないだろう。彼が腕に抱くのは女ではなく、固い木片だ。シエナは幻想は抱いていない。彼はあくまでも、シエナを意にしたがわせるつもりだし、彼が相手を思いやって欲望を抑えてくれると思うほど、シエナもうぶではない。今までも、彼はそれほどシエナを愛していたわけではない。結局苦しめることになるのを承知のうえで身をささげさせた男なのだ。

8

「アテネに行く用事ができた。三十分ほどでヘリコプターが来るが、一緒に行くか？」

「ご自分から縄をといてくださるの？　ずいぶん信用していただけたものね！」シエナはコーヒーカップを置きながら、相手の顔を冷たいあざけりの目で見た。アレクシスの子どもを身ごもっていないとわかって以来の数日をこんな調子で過ごしてきたが、彼は爪を立てるような辛辣《しんらつ》なシエナの言葉にも取りあわず、好きなようにさせている。

「きみに何ができる？　金もパスポートも持っていないが、なぜかきみ特有のプライドだけは持っていて、兄さんに助けを求めたりしないことはわかっている」

彼はさすがに鋭い。そのことは認めなくてはなるまい。ロブには結婚したことを知らせる簡単な手紙を出しておいた。あの晩のサボイでの出会いが初対面だったように書いたので、この件について、ロブがジリアンと話さなければいいと思う。夫に夢中の新妻の手紙らしく、幸せそうに、なんの苦労もないように書こうと努めた。ロブになぜ、ほんとうのことを打ち明けられないか、そのわけはアレクシスに決して言うまい。もし、話してしまえば、また一つ弱みを握られるし、彼ならそれを利用しかねない。彼の目の奥にくすぶる抑えた怒りに、シエナは危険なものを感じていた。

「シエナ、行くのか、行かないのか?」

「行かないわ。もし行けば、ずっと一緒にいなくてはいけないでしょう。行かなければ、お留守の間束縛されずにいられるわ。きくまでもないのに」

「いつまでもこんなことを続けていられないぞ、シエナ」警告を含んだ厳しい声だ。「今のところは子どもみたいなまねをして面白がっているようだが、きみは子どもじゃない。ぼくたちは結婚しているんだ。その事実は変えられない」

「あなたが望んだから結婚してるのよ。わたしのほうに選択の余地はなかったわ」

「それはそうさ。だが、子どもみたいにすねているのは、結婚のせいではないだろう?ぼくに抱かれたとき、きみもそれを楽しんだからじゃないか」

シエナの顔から血の気が引いた。いすを引いてぱっと立ちあがったが、アレクシスに手首をつかまれてしまう。固い木のテーブルと彼のがっしりした腿に挟まれて身動きできない。あえぐように息をつき、彼女はじっとしていた。朝食後の散歩のために着たTシャツとショートパンツだけの、日焼けしたむきだしの脚が、デニムに包まれた相手の腿にざらざらとこすられる。アレクシスは言葉を使わずに、自分がシエナを征服する力を持っていることを体に感じさせようとしている。まるで、強い薬がきいてきたように、シエナの体中の血がかっと熱くなった。

「何をするの？」声がかすれる。弱気になってはいけない。「わたしが自分からあなたを受け入れないものだから、無理強いしようとするの？」

「無理強い？」眉を寄せ、親指で彼女の手首の内側をなでる。「違うよ、シエナ。ぼくはもう、そのわなにはかからない。きみがぼくにそう仕向けるんだ。まだゲームを続けていたいなら、そうしなさい。止めはしない。でも、ぼくは加わらないよ」彼は頭を下げ、シエナの唇をとらえてゆっくりと甘いキスをした。「留守の間、考えるんだね。寂しいとき、ベッドで考えておきなさい」

「わたしは寂しくなんかないわ。あなたのベッドは寂しいかもしれないけれど」

「これまではね」

小声だが、アレクシスははっきりと言った。彼がアテネに行くのは、一つには、女に会うためなのだろう。彼の熟練した技巧を喜んで受け入れる女。シエナは激しく身を震わせ、目を閉じ、心の底から彼を憎んだ。目を開けたとき、彼はもういなかった。シエナは自分の部屋に入り、ヘリコプターが着陸し、また飛びたつ音がしてから、部屋を出た。

奇妙なことに、ひとりになると、シエナは落ち着かなくなった。出かけるつもりの散歩も、急につまらなく思えてきた。

一緒に行けばよかったのかもしれない。見物ぐらいはできたのに。いらいらと唇をかんだが、はっと気づく。彼は最初から連れていく気などなかったのだ。必ず断ると知っていて声をかけたに違いない。シエナも心の奥ではこんな生活を続けていけるはずがないことはわかっていた。今のような態度をとり続けるのはシエナらしくないことだ。彼は二人がこのままの状態で結婚生活を続けられないことをわからせようとしているだけなのだ。はじめの激情はおさまり、父親ゆずりの理性が頭をもたげてくる。おそらく、アレクシスは自分が間違ったことをしたとは思っていないだろうし、記憶を取り戻すように仕向けなかった理由も、シエナには理解できる。もし事故から一年たって記憶を取り戻したのであれば、シエナは〝聞き分けのない子どものように〟振る舞わなかったかもしれない。

もし、一年間、彼の妻として生活をともにしたあとなら、裏切られ、だまされたという思いは薄らいだろうか？　記憶を取り戻す時期がいつであろうと、シエナは苦しみ、怒ったことだろう。それは、彼がシエナと結婚したからではなく……彼の愛し方のせいだ。彼はシエナにあれほどの快楽と歓《よろこ》びを教え、シエナはなんの疑いも持たずにそれに激しくこたえ、彼もまた、なすがままにさせておいた。彼はシエナがささやく愛の言葉や愛撫《あいぶ》を、ただの一度も遮ろうとはしなかった。もし、コテイジであのような仕打ちを受けたあとで、彼への思いを告げたり、態度で示すくらいなら、死んだほうがましだとシエナが思っていることを知っていたのに。

アレクシスの愛撫にこたえ、それに夢中になったことを思い出すと、シエナはいつも自己嫌悪にさいなまれ、心の中からその記憶を消してしまえたらいいのに、と思う。ちょうど、彼を心の中から消し去ったことがあったように。あの記憶喪失はそういうことだ。おずおずとシエナは尋ねたのだ、夫で、恋人だった人をどうして忘れてしまえたのでしょう、と。すると彼は……正しい方向を示す言葉は一言も口にせず、シエナがさまようのを傍観していた。それでも、覚えていないとシエナが言うたびに、怒っているように見えた。愛している女に忘れられ、プライドが傷つけられたせいだとばかり、シエナは思っていた。

彼が出かけて三日目、シエナは自分が寂しいことにはっきり気づいた。互いの神経を逆なでするような会話、今では食卓に持ちこむようになった書類を見ている頭、愛撫の代わりに交わしあうとげとげしい言葉、そういうものがないのが寂しかった。アレクシスがいないのが寂しかった。彼を愛していた。

長い間隠しておこうと努めていた真実が水面下にとどまることを拒み、押さえつけようとしても浮かびあがり、シエナの心に入りこみ、受け入れさせようとする。シエナはぞっとした。アレクシスを愛している！　愛を相手に拒まれたからといって、愛することをやめられるものではない。では、どうすればいいのだろう？　愛してくれないばかりか、自分の都合でシエナの恋心を利用しさえする男、そんな男と結婚したままでいるのだろうか。二つの道がある――ここにとどまり、やがてアレクシスに愛を気づかれ、それを利用されるか、それとも、ここを出ていくか。だが、彼は出ていくことを許さないだろう。シエナは考えあぐねて唇をかんだ。彼と結婚していては幸せになれない。相手の都合次第で投げてよこす愛のかけらに頼って生き、その人の子どもを育てる。妻であっても、夫の愛を得られない暮らし。そんな暮らしをしていたら、シエナの気持はゆがみ、ますます彼に軽蔑《けいべつ》されるだけだ。ここを去る以外、道はない。だが、出ていこうとすれば、彼は連れ戻すだろう。彼のほうから出ていけと言わせなければ。胸が痛む。だがその痛みは、彼に愛されていないとわかったときの痛みに比べれば、まだましだ。

三日目の夕食を、シエナはほんの一口か二口食べただけだった。マリアは皿を見ると、不満そうに顔をしかめ、首を振った。

「食べなくてはいけませんよ。だんなさまも困ったことだとおっしゃいます」

「おなかがすかないだけよ、マリア」シエナはなだめるように笑顔を向けた。

「赤ちゃんができれば、すきますよ」マリアの言い方は率直だ。「だんなさまには息子が必要です。男には息子が必要なのです」

そう、アレクシスは子どもを欲しがっている。たぶん、それがあの人のアキレスけんだ。シエナはテーブルをはなれ、庭に出た。花壇から漂う香りが周囲に立ちこめ、アレクシスとはじめて庭に出たときのことを思い出し、涙がこぼれそうになった。彼と庭に出るのがどんなにうれしかっただろう。彼の声を聞き、触れあうと、骨までとろけそうになり、どんなに喜んで身を寄せたことだろう。ベッドをともにすることを拒んでも、彼はシエナが、ほんとうはどれほど自分を欲しがっているかを知っている。それで、彼女の抵抗がなおさら彼の怒りをあおるのだ。

〝ぼくに抱いてほしいと思うようになる〟と言った彼の言葉どおりになり、シエナはそういう自分を心の底から恥じた。彼の愛の行為は強い薬のようなききめを持っているようだ。彼に触れてほしい――それは激しく熱い願いだった。彼はシエナがひざを屈して愛撫を乞《こ》うだろうと言っていた。もし、今アレクシスが目の前にいたら、そうせずにいられるだろうか。そんな屈辱的なことは決してしない。シエナは心に誓う、何が起ころうと、どれほど強く願っていようと、決して、二度と自分からは彼のもとに行くまい、と。

物思いにふけっているうち、いつの間にか、入江に来てしまっていた。シエナはどきっとした。エーゲ海を涼風が渡ってくる。震えながら、ホメロスの言う〝濃いぶどう酒色の〟海を見つめる。なんとぴったりした表現だろう。今アレクシスは何をしているのだろう。だれと一緒なのだろう。薄いTシャツとスカートだけなので、冷たい風に鳥肌が立つ。それでも、彼の不在でぽっかり穴が開いたような、寂しい屋敷に戻りたくはない。シエナはじっと海を見つめながら立ちつくしていた。

やっと向きを変えると、冷えた体を両腕で抱え、屋敷に通じる小道を急ぐ。まだ早いから、音楽を聴くか、本でも読もう。両方ともシエナの好きな気晴らしだが、今はどうでもよかった。アレクシス以外のすべてに興味が持てなくなっていた。

庭の近くまで来たとき、ブーゲンビリアのからまる壁のあたりから人影が現れ、こちらに向かってきた。シエナはその黒い人影におびえたが、雲間から差しこむ月の光が照らし出したのは夫の姿だった。ジーンズと薄い木綿のシャツというカジュアルな服装だ。

「アレクシス」どきっとしたのを隠そうとして思わずのどもとに手が伸びた。ふいに息苦しくなり、心臓の鼓動までも乱れて感じられる。「びっくりした――お帰りだとは知らなかったわ。ヘリコプターの音もしなかったし」

「ヨットで帰ったんだ。港に係留してあるよ」

あたりを包む闇《やみ》のせいか、アレクシスがすぐそばにいることが、余計に強く感じられる。シエナは彼のわきを通り抜けようとした。彼が背にしている家の中からただ一つともった部屋の明かりが柔らかい影を投げかけ、人恋しい雰囲気をかもし出している。

「中に入ります。外は冷えてきたし」

「あたたかい出迎えとは言えないな。なぜ、そんなに緊張するんだ？　何をそんなに怖がるんだ？」

「べつに。ただ冷えて、疲れただけ」

「疲れた？　まだ九時じゃないか。寒かったのなら、なぜ、そんなに長く入江にいたんだ？」

入江にいたことを知っているのだろうか？　シエナはふいに落ち着かなくなり、顔をしかめた。

「どうしていけないの？　海を見ていると、うつらうつらして、眠くなってくるじゃありませんか」家の中に入ろうとしたが、行く手を遮られているので、無理に通ろうとすれば体に触れてしまう。もし触れたら、どうやって無関心のふりを続けていけるだろう？　シエナはためらい、後ろに下がろうとしたが、遅かった。アレクシスの手が伸び、指がシエナの腕をかすめた。

「寒いんだろう、着なさい」彼は白い庭いすにかけてあった厚手のウールのジャンパーを手渡した。あとずさりしたシエナが足を踏み外してよろめくと、皮肉たっぷりに言った。「これはかみつきはしない」差しのべた手をシエナがかわしたので、彼は腰に手をまわしてくるりと回転させた。シエナの顔が部屋の光を受ける。「ぼくに触れられるくらいなら、足首を折ったほうがましなほど、ぼくが怖いのか？　ぼくにおびえているのか、シエナ？」

「おびえてなんかいません」だが、声が震えた。感情を抑え、落ち着いた態度でいたいのに、これでは逆だ。シエナはあたたかく、男らしいにおいのする体に誘いこまれそうになって彼との間に安全な距離を置こうとした。が、シエナの小さな手や指先は、相手の腕にとても太刀《たち》打ちできない。

「はなしてちょうだい」シエナはかすれた声で頼んだ。

「なぜだ？　ぼくに無関心なふりをしてきたが、実際はそうじゃないことがわかってきただろう？　きみはぼくに抱いてもらいたいんだ。自分をいつわって何になるんだ。きみがぼくの体にどれほどこたえるか、ぼくたちにはわかっているじゃないか」

意にしたがわせようとする強い力を相手に感じ、キスされると思った次の瞬間、ふいにシエナは、自分が自由になれる、相手のアキレスけんを見つけた。

「あなたがわかったつもりでいるだけね」声の震えや、ためらいを感じ取られてはいけない。何気ない調子で、相手の言葉を訂正した。「わたしの〝感じやすさ〟は、ふりをしているだけだって、一度も思わなかった？　わたしはあなたを夫だと思いこんだ。名誉や義務を重んじるのはべつにあなただけではありません。わたしが抱かれたのは、あなたにはそういう献身を求める権利があると思ったからだし、二人が愛しあっていると信じていたからよ。でも、その愛という感情は、結局思い出せなかった。あなたが愛してくれていると思っていたから、少しでも、拒むそぶりをしたらあなたを傷つけると思ったの。もし立場が逆で、夫が記憶を失い、同時に二人の愛のすべての記憶を失ったと知ったら、わたしが傷つくのと同じことでしょう。わたしが抱かれたのは、あなたには権利があると思ったから。それに、あなたはとても……女の扱いがお上手だから、わたしの体はこたえてしまったのね。あなたに知られるのが怖かった、わたしが実際はどんなにむなしく、後ろめたく感じていたか……」

「うそだ！　ぼくにそんな話は通じない。きみはぼくに触れたとき、ぼくをほかのだれよりも愛し、抱いてほしいと思っていたはずだ」

「あなたにその権利があると思ったからよ。覚えておいてください。あなたと愛しあったときのわたしは実在しない人間だった。あれは、わたしであったはずがない。あなたが夫だと思ったからだし、それに、あなたには借りがあると思って……」

「無理にぼくに身をまかせたと言うのか？」

彼を見るまでもなく、怒りで顔が黒ずみ、目が燃え、怒りのはけ口を封じられた筋肉がこわばっているのがわかる。かきむしられるような痛みがシエナの体の中を走り、今口にした言葉を取り消して彼の傷ついた誇りを慰めたくなる。だが、シエナ自身の救いのために、それはできないことだった。

「それがきみの言いたいことか？」食いしばった歯の間から絞り出すような声で彼は問いつめた。「こうされても、無理にこたえていたというのか？」彼は顔を寄せ、唇で軽くシエナの唇に触れてきた。その甘い愛撫に耐えていると、まるで、心臓がはねあがって、のどに挟まってしまったような感じだ。今、アレクシスは自分を抑制し、怒りはもっと大きな欲求の下でくすぶっている。だが、消えたわけではなく、シエナが火をつければとたんに燃えあがるだろう。「そして、これも……」手が胸を包み、唇が顔の上をじらすようにさまよう。腿が腿にぴったりと押しつけられる。「ああ、シエナ」ささやきもまた愛撫だった。「そんなふうにしたってだめさ。きみは外見は冷たくても、中は……」

「中も冷たいわ」食いしばった歯の間からつぶやく。「抱いてほしくなんかないわ」

「そう言い続けていればいいさ。だが、口ではそう言っても、これで」おかしくなったように激しく脈打つのどもとに手を触れ、次に唇をすべらせると、シエナが自分の血の流れを感じるほどに強く抱きしめた。「それとも、これで……」手がTシャツの中にすべりこむ。「……きみがうそつきだということがわかる。しかも、ただのうそつきではなく、卑《ひ》怯《きょう》者だということも。以前、きみをそんなふうに思ったことは決してなかった」

「口ではなんとでも言えるわ」シエナはうんざりしたように言って、体をはなした。「ところで、わたしは身ごもっていないし、これからもそうはならないわ。あなたに抱いてほしいとは思わないから。わたしを妊娠させたいなら、無理強いしなければならないわ」

「そうかな?」アレクシスはさっとシエナを腕に抱きあげ、ベッドルームに通じるドアに大股に向かった。「そうだろうか? ぼくはそうは思わない。きみには熱い血がたぎっていて、無理強いの必要など全くない。きみは今まで触れた女性のうちで一番官能的だ。きみを抱いて、顔に歓びが浮かぶのを見、体がぼくの体にこたえるのを感じるのが好きだ。きみが義務感でこたえているなどと、ぼくがほんとうに信じると思うのか?」ドアを開け、暗い中をまっすぐベッドに進む。「きみのところに帰りたくて、アテネでの仕事を切りあげたのがわかるかい?」

「そう？　その方はあまりうれしくなかったでしょうね。でも、そんなことをしても、仕方がないわ。アテネにお戻りになればいいのよ」

「その方？　そんなことを考えているのか？」

窓から差しこむ月の光を頼りに顔をのぞこうとする彼の腕の中で、シエナは肩をすくめた。「わたしが何を考えようといいでしょう。わたしがあなたのただひとりの女性だと思ったり、あなたが生身の男だということがわからないほど、わたしはうぶではないわ。いつか教えてくれたように、あなたの心に愛が占める場所はないのだし、相手に欲望を感じなくてもベッドをともにすることのできる人なんですものね」

「ぼくたちの最初のときのことを言ってるんだな？　ああ、違うよ、シエナ。きみがほんとうに欲しかったんだ。きみを腕から引きはなすのがどんなにつらかったか、きみにはわかるまい。だが、ソフィアのことがあったんだ。もうきみを行かせはしない。ぼくの腕の中で冷たいままでいられるものか。一晩だって……きみのいないベッドは寂しかった。二度ときみは出ていかないよ、シエナ。夜が明ける前に、きみはのどの奥深くで、あの小さな歓びの声をたて、ぼくに対する欲望に身を震わせるんだ」

「そんなことはしないわ！」

「するさ」彼はシエナをベッドにおろすと、すばやく寄り添い、体でベッドに押しつけた。彼の手が着ているものにかかったとき、抵抗しようとしたが、相手は力が強いばかりか、強い決意を持っているようで思うようにいかない。シエナはいらだって、爪で肩を引っかいた。

「好きなだけ爪を立てるんだな」両手首をつかんで頭の上で押さえつけ、耳もとにささやく。「でも、夜が明ける前に、きみは今つけた傷に痛みをいやすキスをしているだろうね」

「しないわ！」目は怒りに燃え、体は相手の重みをどけようとしてもがく。彼は両手首を押さえつけたまま、少し体をずらしてシエナの動きを封じ、彼女の上気した顔、乱れた髪、どきどき脈打つのど、そして、激しい息づかいに上下する胸へと視線を移した。屈辱にのどがふさがりそうだ。それなのに彼が頭を下げウエストの柔らかいくびれに唇を寄せると、体の中をあたたかく震えるような感覚がつき抜けていく。シエナは腕の痛みに気持を集中しよう、愛撫されてもじっとしていようと努めた。

口がゆっくりと動いてシエナの肌を味わい、優しく歯でかむ。それはたくみな拷問で、彼もそれと知っていることがシエナにはわかっていた。本能のすべてが、プライドを捨てて彼にこたえるようにと叫んでいる。

だが、それはできない。ただ勝つためではなく、自分の生存をかけて闘っていること以外、何も考えてはいけない。身も心も空にしていなければいけない。

アレクシスは唇でゆっくりと胸のまわりに輪を描いている。動きが止まり、シエナは目を開けた。

「ぼくが欲しいんだろう」不思議に感情がこもらない声だ。「そう言うんだ、シエナ、言うんだ！」

シエナは首を横に振った。アレクシスはじっと目をのぞきこんだ。彼の顔に暗い怒りの色が差し、細めた目がぎらぎら光るのをシエナは見た。体の中に高まる苦しいまでの欲求に負けて、彼が聞きたがっている言葉を口にしてしまうのではないかと、息もできない。もうやめてくれなくては。もう耐えられない。

「ぼくが欲しいだろう？」

「いいえ！」

「うそだ」アレクシスはくぐもった声で言うと、急に手首をはなした。彼の欲望の高まりを感じて、シエナは身を震わせた。自分が本能的にこたえてしまったことがわかる。相手を寄せつけまいとする緊張に、身も心も疲れはてていた。これ以上は耐えられそうもない。

アレクシスは今、自制を失い、明らかに欲望の波に襲われている。汗が吹き出し、かすれた声で「ああ、シエナ」と熱くささやく。彼のキスが、シエナを欲求の暗く渦巻く洞窟《どうくつ》へと引きずりこむ。これまでの決意もすべて、心の中から消え去った。「きみは欲しくなくても、ぼくはきみが欲しい。こんなに気もおかしくなりそうにさせられたのははじめてだ。もう止められなくしたのはきみだぞ」

「アレクシス、お願い、やめて——やめて、もうだめ！」止めようとしても、言葉が先に飛び出していた。シエナは体を震わせ、両手を相手の胸に押しつけた。「アレクシス!」「やめられない、シエナ」熱を帯びたささやきだ。苦痛と欲求のまじった、低くしわがれたうめきが聞こえる。手が胸をかすめる。シエナは彼がなんとか自制しようとしているのを感じ取った。だが、彼はやむにやまれぬ内からの飢えにあおりたてられたようで、激しく身を震わせると荒々しくシエナを貫いた。シエナのあげた叫び声は苦痛のためではなく、アレクシスも自制を失うことがあるという驚きからだった。叫びは彼の口にふさがれ、熱く封じこめられ、シエナ自身も、激しく震える歓びの一部分と化していた。

その夜、シエナは眠らなかった。アレクシスも体を硬くしているので、眠っていないことがわかった。彼もシエナが起きていることを知っているようだった。彼が寝返りを打ち、背を向けた。「明日、ヘリコプターを呼ぼう」感情のこもらない声だ。「きみの勝ちだ、シエナ。きみを自由にする」

自由? 彼はわたしがもう決して自由にはなれないのを知らないのだろうか?
「わけを教えていただけるかしら?」驚くほど乾いた声が出た。
「わからないとでも言うのか?」その言葉にはあざけりが感じられる。「今夜、きみはほかのどんな女もしたことがないところへ、ぼくを追いこんだ。ぼくはこれまで、自分の自制心、理性、判断力を誇りにしてきた。もう、きみに関しては、自分が信用できなくなったんだよ、シエナ――今夜それがわかった。きみのほうから頼むまで、きみを抱くまいと自分に言い聞かせていた。きみが体では、ぼくを求めていることをわからせたいと思っていた。だが、その代わりにわかったのは、ぼくがひどくもろい男だということだ。今夜のぼくのようにされてしまった男は嫌いだ。きみをそばに置いておけば、おそらく、ぼくは正気も自尊心も失ってしまうだろう。いつか、きみの兄さんが妹を力ずくで奪ったと責めたが、そんなふうにきみを奪わないという約束は、きみがそばにいるかぎりできない。きみはぼくに自制のわくを越えさせる。ぼく自身を軽蔑させるように仕向けられてしまう。ぼくはこういう男だから、自衛のため、きみを先に破滅させようとするだろう。二人はうまくやっていけると思ったのだが、今、できないとわかった。きみが正しかったよ――ぼくたちは結婚すべきではなかったんだ」

シエナは相手のアキレスけんを見つけ、闘いに勝った。だが、満足感はなかった。するべきことをしたのだ。アレクシスが自由にしてくれる。こうなるのがよいことで、長い目で見れば、苦しみも少ないことはわかっている。それなのに今、心にある思いは、自分がどんなに彼にキスしたいか、彼の腕の中でとけてしまいたい、ほかのことなど、どうでもいいと告げたいということだった。だが、もう遅すぎる。決して後悔しまい。二人にとって、これが最善の道なのだ。

9

三日後、シエナはアテネを発《た》った。アレクシスは空港までついてきてファーストクラスに乗るように、また相当額の金も受け取るように強くすすめた。シエナは、その金は手をつけずに置いていこうと決めていた。目的を遂げても、喜びはない。身も心も彼のもとに残りたかった。だが、残ったところで、どうにもならない。シエナはアレクシスが与えられるよりもずっと多くを望んだのだ。彼に傷つけられ、利用されたことを知り、無理やり彼の気持を変えさせて、自分を解放させた。だが、満足を覚えることはできない。自分を見る彼の目に浮かぶ、自嘲《じちょう》するような表情をシエナは憎んだ。搭乗案内のアナウンスを待ちながら、シエナは考える。わたしを自由にすると言ったあの晩の苦しい言葉を、彼も覚えているだろうか。

〝きみをそばに置いておけば、ぼくは正気も自尊心も失ってしまう。……きみを無理に奪ったりはしないという約束はできない。きみはぼくに自制のわくを越えさせる。きみが正しかったよ――ぼくたちは結婚すべきではなかったんだ〟

ゲートを通るとき、シエナは振り返った。高級仕立てのダークスーツを着て、両手をポケットに入れたアレクシスは、こちらをじっと見ていた。引きしまった筋肉をうかがわせるように、服地がぴんと張っている。シエナは彼の苦しみを慰めてあげたいと思う気持をもみ消した。彼は愛のために苦しんでいるのではない。自分自身を完全に制御できるという自信が崩れ、エゴが傷つけられて苦しんでいるのだ。一緒になったために失ったものは二人とも大きかった。別れたほうが幸せになれる——ずっと、幸せに。

ロンドンまでの空の旅は何事もなかった。空港からタクシーを拾ったシエナは、金持の妻からもとの生活に戻る前のこれが最後のぜいたくだと自分に言い聞かせた。アレクシスは入院中にあずかった、シエナの身のまわりの品々を全部渡してくれた。その中にロブのアパートのかぎもあった。それでドアを開けていると、中で足音がしたので、彼女はびくっとした。

「シエナじゃないか!」ロブは青ざめ、やつれていた。髪はくしゃくしゃで、指を入れてかきむしったようだが、悩み事があるときのロブのいつものくせだ。「今しがた帰って、おまえの手紙を読んだところだ。いったい、どうなっているんだ?」

「中に入れてくださったら、話すわ」シエナが以前と変わって見えることは、ロブの表情でわかる。以前のロブはシエナにとって、愛する兄だった。その気持は今も変わらないが、対等に話のできる間柄になっていた。

「ステファニデスとのことはどうなったんだ？　結婚したというのは、ほんとうかい？」

「ええ、ほんとうなの。でも、うまくいかなかったわ」

「ずいぶん早く結論に達したものだね」

ロブの声は厳しく、かいつまんだ話では承知してもらえそうにない。シエナはロブにはほんとうのことを話そうと決心していた。今うそをついたら、ずっとつきとおさなければならない。それに、この件はすっかり終わりにして、忘れてしまいたい。報復も全く不要だということをわかってもらいたい。

ウイスキーが欲しいと頼むと、ロブは驚いたようだった。シエナはめったに飲まないし、ことに家では全然飲まなかった。ロブはウイスキーを水で割ってシエナに渡し、自分の分をついだ。

「さあ、全部聞こう。何もかもだ。ジリアンはおまえたちがエージェントで会ったと言っていたが、サボイでのあの晩、二人とも一度も顔を合わせたことがないように振る舞っていたじゃないか、なぜだ？」

二人がけんかをしたからと言うことも、あるいは、小さなうそをいくつか重ねて、言いくるめることもできた。だが、シエナはそうしなかった。何一つ隠さず、ありのままをはじめから話した。

「いいえ」コテイジでの出来事を打ち明け、ロブの中に怒りが燃えあがるのを見たとき、シエナはロブの腕に手を置き、なだめるように言った。「アレクシスだけが悪いんじゃないわ。わたしのほうも愛してもらいたかったのよ。わたしみたいなばかな娘に、彼のような男が一目ぼれするはずがないと見抜くべきだった。たぶん、心の底では疑っていたのに、自分の疑いに耳を傾けなかったのね。もちろん、彼は真実を知って、呆然《ぼうぜん》となったわ」

「それはそうだろう、あのろくでなしめ！　そのことを考えると……」

「もういいの、終わったのよ。それに、もしアレクシスがあの事故のあと、騎士《ナイト》気取りでわたしと結婚したりしなければ、もっと早く終わっていたはずだわ」

「そうだ」ロブは顔をしかめた。「そこがぼくにもわからない。なぜ結婚する必要があったんだ？」

「償いをするため。少なくとも、彼はそう言ったわ。〝名誉〟を重んじたつもりなのね。それに、わたしが身ごもっていたかもしれないし」

「でも、なぜ結婚を？　金の力で片をつけることだってできたのに。金持なら、そうするのが普通だ。それに第一、おまえに恋をしかけるなんて……おまえを手に入れたかったんだろうな」

「そうかしら？」

「うん、そう思うよ。そして、シエナ、おまえは今、彼をどう思っている？」

「わたし……」

「ほんとうのことを言うんだ。少なくとも、ぼくたちの間では、ほんとうのことを話そう」

「愛しているわ。でも、あの人がわたしに感じているものが、後ろめたさと欲望だけと知りながら、妻としてあの人の子どもを産み育てて暮らしてはいけないわ」

「どうもぴんとこない……。おまえはこれから、どうするつもりだい？」

「アレクシスはまとまったお金を持たせようとしたわ。でもわたし、そんなものは受け取れない。いなかに戻ろうかしら。パパの本の出版社が再版したいと言っているけれど、新しい情報も加えたいし……わたしにはそれができると思うの。パパが亡くなる前にしていたことだし、メモがほとんど残っているわ」

「逃げ出すのかい？」

シエナは顔をしかめた。「わたしには、傷をなめている間、身を隠して、息をつく場所が必要なのよ」

「最初は結婚にそんなにこだわったのに、どうしておまえを自由にしたのだろう？」

ロブは納得のいかない点を、記者らしく、一つ一つ考えているようだ。ただ一つ、ロブに話していないことは、アレクシスとの最後の、あの出来事だった。彼に抱かれたいと願っているのに抵抗して、怒りに油を注いだこと。シエナにはアレクシスがかっとなってシエナの抵抗をはねつけ、無理にしたがわせたことがわかっている。そして、彼のような男にとっては、その行為の記憶がなぜ耐えられないのかということも。

「うーん……おまえがそうしたいのなら、まあいいだろう。こっちにも知らせたいことがあるんだ」

シエナはロブをじっと見た。「ジリアンのことね？」

ロブは不思議そうに見つめ返す。「もし、そうだったら？」

「いいえ、べつに。お二人が、お互いの気持に気づかないふりをするのは、やめていい時期だわ。ジリアンを愛しているのね？」

「うん。でも、ぼくは仕事も好きだ。これまではそれが問題でね。ジリアンは夫にそばにいてほしい。ぼくにはそんな約束はできなかった。だが、少なくとも今のところ、その問題はうまくいきそうなんだ。本を書くように依頼を受けている。世界の紛争地域を比較し、原因を見いだし、解説を加えるんだ。今度のが最後の取材だった。本ができあがるころ、ぼくは戦場に出かけていくには年を取りすぎているよ」

「記者の仕事を自分からやめるの？」ロブの仕事に対する情熱を知っていたシエナはびっくりした。

「ジリアンをあきらめるよりはね。今度の取材で、爆撃の音を聞きながら身を伏せていると、頭をよぎるのはジリアンのことだけだった。争って時をむだにするには、人生はあまりに短い。そのときすぐに、彼女と結婚する決心をしたんだよ」

「お二人のためによかったわね。式はいつ？」

「なるべく早くしたい。おまえに知らせる手紙を書くところだった。実際、このことがなければ、すぐにでもミクロス島に行っていたんだが。ほんとうにステファニデスと結婚したなんて、信じられなかった。それに、おまえたちが最初に会ったときのことをジリアンから聞いたし。ジリアンには、おまえたちが一目ぼれしあったように見えたそうだ。おまえはぼうっとしていたそうだが、彼のほうも突然斧《おの》で襲われたみたいに呆然としていたと言っていたよ」

「わたしを見つけて、ほっとしたんじゃないかしら。ああ、疲れた！　もうやすむわ。明日は午前中にここを出ます。いつまでもぐずぐずして、お二人の邪魔をしたりしませんから、ご心配なく」

からかわれて、ロブが投げたクッションをシエナはひょいとよけた。

翌朝スーツケースに荷物を詰め終えたとき、ドアのベルが聞こえた。アレクシスかと思ったが、ガラスに映っていたのはジリアンの影だった。

「シエナ！　ロブから何もかも聞いたわ。かわいそうに！　あなたたちはとてもお似合いだと思っていたのに」

「世の中にはこういうこともあるのね。ところで、式のプランはどこまで進んでいるの？」

ジリアンは母親が大騒ぎするので驚いていると話した。「ママは型どおりのことをさせたがるの。村の結婚式、芝生の上の披露宴、教会に少年聖歌隊。いとこたちを全部花嫁のつき添いにするとか……」

「それから？」

ジリアンは顔をしかめてみせた。「孫たちに見せる写真もとっておこうとか！　ロブまでママに味方するのよ。でも、あなたたちだって……ひょっとしてそういうことも……？」

シエナは首を横に振った。「ないわ」

「でも、とても愛しあっているように見えたのに」

「あの人には気をつけなさいって忠告してくれたのにね、覚えている？」シエナは自嘲するように言った。

「ええ、遊びのつもりであなたを誘うんじゃないかと思ったからよ。彼があなたに何を感じたか、疑問の余地はなかったわ。あんなにあからさまなんですもの。はじめてあなたを見たときのアレクシスに、わたしは〝むきだしの欲望〟を見たわ。嫉妬《しっと》を感じたくらいよ！」

ジリアンが大げさに言っているのはわかったが、シエナは黙っていた。ジリアンはシエナから、結婚準備を手伝うという約束を取りつけて、帰っていった。

一時間後、シエナもコッツウォルドに向かった。車を見かけて、隣のマローズ夫人が訪ねてきた。

「事故のことを考えると、ぞっとしますよ。あの若い方がいあわせて面倒を見てくださって、運がよかったこと。あの方に言われたように、お掃除をして、戸じまりをしておきましたよ。いい顔色になったわ。遠くに行っていたのでしょう?」

「ギリシアに」アレクシスから贈られた指輪を外しておいてよかったと思う。その一方、首にかけている細い金の鎖に指輪を下げている感傷を、いまいましく思った。胸の間に、金と宝石の重みが感じられる。送り返さなければ。こんなものを下げていて、どうしようというのだろう? 彼を愛し、そして、彼のもとを去った苦しみの思い出でしかないのに。

それからの数日は父親の原稿を調べ、メモを分類し、本の改訂に向けての作業に明け暮れた。父親の生前、おおかたはできていたが、なかなか骨の折れる作業だ。出版社との打ちあわせにチェルテナムにも出かけた。チェルテナムは有名な温泉地の例にもれず、いつまでも優雅さを保っている町だ。シエナは十九世紀前半の美しい建築を見物してまわった。

帰宅すると、また仕事に取りかかった。だんだん仕事に熱中していくのが自分にもわかる。時は知らず知らずのうちに過ぎていくようだ。仕事だけが苦痛を取り去るただ一つの道だった。神経の集中を要求されるので、長時間の仕事のあとは、ベッドに倒れこみ、苦しい思い出にさいなまれることもなくぐっすり眠れるのだった。

いなかの家に帰って一週間ほどしたある朝、シエナは鏡の中の自分を見て、顔をしかめた。あごのとがった青白い顔に、暗い色の目だけがひどく大きい。

「あなたは新鮮な空気を吸わなくちゃだめね」と自分に言い聞かせる。仕事ははかどっているし、少しは休んでもいいだろう。庭は荒れ放題だったが、草むしりをすれば、またあれこれと考え事をしてしまうだろう。もっと気がまぎれることが必要だ。

そこで、散歩に行くことに決めた。長い急坂をのぼりつめ、丘の斜面の、風のあたらない場所に腰をおろす。のぼったかいはあった。眼下に広がる景色を眺め、七月の陽光を体いっぱいに浴びる。

風向きが変わり、雲が出てきた。もう帰ったほうがいい。丘をおり、村の道まで戻ると、家の外に車が止めてあるのが目に入った。黒い、どことなく不吉な感じの高級車だが、見覚えはない。思わず、足が速くなり、胸もどきどきする。アレクシスかもしれない！　何をしに来たのかしら？　シエナは玄関の前でためらい、身を震わせた。彼を追い返す力はあるかしら？　玄関を開け、居間に入る。中にいた客を見て、ほっとして思わず叫んだ。

「ソフィア！」

雑誌を読んでいたソフィアは、ぱっと立ちあがった。「黙って入って、ごめんなさい。お隣の方が入れてくださったの。かまわないでしょうって」

「ええ、もちろんよ。お茶をいれましょうか？　それとも、コーヒーがいい？」

「コーヒーをいただける?」

「長くお待ちになった?」台所から話しかける。「散歩に出ていたの」

「お昼を食べてすぐに来たのよ。あなたをさがすのに、ちょっと骨が折れたわ。でも、お兄さまのフィアンセが、ここを教えるようにお兄さまを説得してくださったの」

ということは、ソフィアはアレクシスに頼まれて来たわけではないのだ。「ロブを許してね。今のところ、わたしに過保護気味なの」

「ええ、わかるわ。アレクシスはひどいことをしたんですもの。でも、わたしの兄だし、わたしも兄を守る必要を感じているの……」

シエナはコーヒーの盆を置きながら、少し身を硬くした。「アレクシスをわたしから守る必要はないわ。もし、記憶を失ったりしなければ、わたしは決してアレクシスとは結婚しなかったわ。あの人もそれは知っているのよ、ソフィア」

「ええ、わかっています。兄に全部聞いたわ。兄はとても恥じているの、シエナ……悩んでもいるわ。とても誇り高い人なのよ。それなのに……」

「お願い、そのことは話したくないわ。彼がどう感じているか、よくわかっています。でも、罪の意識と償いの気持だけでは、結婚の前提にならないわ」

「兄は具合が悪いの、ひどく悩んでいるわ。両親が海の事故で亡くなったときも、これほどではなかったわ。会社をほとんど処分して、ずっとミクロス島で暮らすつもりらしいの。

兄が心配なの。わかってくださるでしょう？　わたしにとって、兄はこれまで、強く、頼れる人だった。コンスタンチンは心配することはないと言うけれど、わたしほどには兄を知らないわ。兄にはあなたが必要なの。とても寂しいのよ。帰ってほしいと頼めないのは、プライドが邪魔しているからなの。あなたも兄を愛しているわ」それは事実だった。シエナはうなずいた。「では、それがあなたの認めている結婚の前提になるのじゃありませんか？」

「ある女性たちにとっては、たぶんそうでしょうね。でも、あなただって、あなたをただ義務感で辛抱してくれる夫と結婚したいとは思わないでしょう」

ソフィアは青ざめた。シエナは自分が痛いところをついたのがわかった。

「あの人がはじめてわたしを抱いた晩、わたしを愛していないと言ったわ。そして、なぜわたしとベッドをともにしたかも」

「そして、それがあなたには忘れることも、許すこともできないのね」ソフィアは優しく言った。「兄がそう言ったのは、あなたに対してと同じに、自分に対しても、目的を遂げたことを言い聞かせたのではないかしら？　あなたを愛してしまった自分を罰していたのではないかしら？　わたしには兄がわかるの。ゴシップ欄にいろいろ書かれたことはあっても、兄はつまらない情事にうつつを抜かしたことはなかったわ」

「もちろん、そうでしょうね。わたしたちの場合も、つまらない情事なんかではなかったわ。それどころか、妹さんの敵が討ててどんなに満足か、話してくれたわ。わたしとベッドをともにすることは、とても意味のあることだったの。でも、その意味というのは、愛とはなんの関係もなかったわ。もし、彼がほんとうにわたしに戻ってほしいのなら、伝える方法はあるはずでしょう?」

「あなたに拒絶されたあとで?」ソフィアは悲しげに首を振った。「そう考えているのなら、兄のことがおわかりではないのね。兄の子どものときの話を聞いていただこうかしら。わたしの母から聞いた話なの。母は兄のまたいとこで、兄よりたった十二歳年上だったわ。父は兄に全然、愛情を示さなかった。甘やかしてだめにしたくない、たくましく、強く育てたいというのが父の願いだったの。ある日、兄がとてもかわいがっていた犬が車にはねられて死んだの。兄は胸が張り裂けるほど泣いたそうよ――まだ七歳のときのこと。でも父は、兄に泣くのはやめろ、と言ったんですって。わたしの息子は決して涙を見せるな、ステファニデス家の男らしく振る舞えるようになるまで、自分の部屋に行っていろと言ったそうよ。兄は父を好きだったけれど、二人の間に愛情はかよいあっていなかったわ。ギリシアの父親は、よく子どもをぎゅっと抱きしめるものだけれど、わたしたちの父がそんなことをしたのを一度も見たことはないわ。父は兄を拒絶したのよ、シエナ。ちょうど、あなたが兄を拒絶したようにね」

ソフィアは間もなく帰り、シエナは悲しい気持で見送った。こういう事情でなければ、二人は友達になれたことだろう。だが、アレクシスがなぜ、シエナに帰ってほしいと思わないのか、それをソフィアに説明することはできなかった。

10

「式は八月に決まったわ。今週ロンドンに出てこられない？　支度のことで相談に乗ってほしいの。来てくださるでしょう？」

「もちろんよ」ジリアンから電話があったのは朝食のときで、シエナは壁にかけた小さなカレンダーを見ながら答えた。「いつでもいいわ」

「明日はどう？　一日あいているの。一晩泊まってちょうだい。一緒に出かけましょう」

電話を切ると、シエナは窓の外を見た。ソフィアが来てから三日たっている。その間、アレクシスのことを考えない時はいっときもなかった。ソフィアに会って、また古傷が痛みだした。夜、ベッドに横になると、アレクシスに触れたいという思いに心がうずく。彼からはなんの連絡もない。いつ離婚の手続きをはじめるつもりだろう。二人はミクロス島で、手続きは早いほうがいいということで合意していた。ロンドンに出たときに、弁護士に相談したほうがいいだろう。兄が結婚の準備をしているとき、妹のわたしが離婚の準備をするとは皮肉な話だ。

朝十時すぎにロンドンに着いたシエナは、すぐにジリアンのオフィスに向かった。彼女はシエナを見ると、ぱっと顔を輝かした。

「ドレスを一緒に見てほしいの。二着のうち、どっちがいいか、決めかねているの。……あなた、やせたわね」ジリアンはシエナを見て顔をしかめたが、タイミングよく電話が鳴り、その話はそれきりになった。

午前中は買い物をして過ごした。シエナがすすめたドレスは、すそが長く、薄あんず色のシフォンで、ジリアンの顔色と黒い髪によく似合った。

「これに合う帽子を買ったらどうかしら?」

ドレスに合うあんず色の帽子が見つかった。シエナも、式に着るスーツに合う薄クリーム色の帽子を買うことにした。

「お昼にしない?」店を出ると、ジリアンが言った。「わたし、もうくたくたよ!」

昼食をとりながら、ジリアンは式の話をし、シエナはもっぱら聞き役にまわった。ジリアンたちは結婚後、ロブのアパートに住むことになっていた。

「少なくとも当分は、エージェントをやっていくつもりなの。でも、ロブは落ち着いた家庭を作りたがっているわ。コッツウォルドで家をさがそうかって言うのよ」

昼食後は下着と靴を見た。ジリアンは、まるで疲れを知らないようすだったが、買い物が終わったとき、シエナは疲れはてていた。

「今夜は出かけないでおくわ」ロブのアパートに着いたとき、シエナは言った。「すっかり疲れてしまったし、お二人の邪魔もしたくないし」

ジリアンは笑ったが、反対もしなかった。「ロブが八時前には帰れないとあなたに伝えておくようにって。九時にテーブルを予約しておいたそうだから、そのときの気分次第にしたらいいわ。今日は手伝ってくれてありがとう。明日は家具に取りかかるわ」シエナの表情を見て、ジリアンは笑いだした。「ロブにそう言ったら、ちょうど同じ顔をしたわ。でも、ここの模様替えをしたいの。ロブは好きにしていいと言ってくれるし、名づけ親が気前よく小切手をプレゼントしてくれたし」

ジリアンが帰ったのは五時をまわったころだった。シエナはコーヒーをいれ、テレビをつけてニュースを見ようとソファーに腰をおろした。ゆったりと背もたれに寄りかかる。今日はつらい一日だった。とても疲れただけでなく、ジリアンと比較して、いくら考えまいとしても、自分の結婚のことを考えてしまうからだった。〝アレクシス・ステファニデス〟とキャスターが言うのが聞こえた。その言葉がシエナの物思いを断ち切り、ニュースに神経を集中させた。

「ジャーナリズムで、しばしば〝ギリシア実業界の大立者〟と言われている氏は現在ロンドンに滞在し、会社資産の一部売却を指示しています」

画面は混雑した通りに切り替わり、懐かしいアレクシスの顔を目にしたシエナは息をのんだ。ソフィアの言ったとおりだ。彼はやせ、顔つきは暗く、血色も悪そうだ。車からおりたところをレポーターがコメントを求めて歩み寄った。

「会議に明け暮れる時間が長すぎることを、だれしも悟る時期があるものです。わたしにも、ちょうどそういう時期が来たということです。コメントはそれだけです」

「会社をすべて売却されるのですか？」

「いや、いくつか残しておきます。管理しやすいのを」アレクシスはサボイのロビーに向かい、画面はキャスターに切り替わった。

アレクシスはロンドンにいる。やせて、面変わりしたわけが今わかった。事業に何か問題が起きたためだ。ソフィアがシエナのせいだと思っているのは間違いだ。シエナはテレビを消すと、部屋の中をいらいらと歩きまわった。アレクシスがこのロンドンにいる！それなのに向こうから離婚のことを何も言ってこない。こちらから会いに行ったほうがいいかもしれない。わたしに会おうとするだろうか？　彼が会わない理由はないように思える。シエナと違い、彼には隠しておきたい気持をさらけ出す心配などないのだから。

シエナはすぐに会いに行くことに決め、着替えを持って自分の部屋へ急いだ。買い物に歩きまわった体はまだほてり、汗ばんでいる。これまでの経験でシエナが学んだことは、どんな場合でも、きちんとした身仕舞いでいれば、気おくれせずに振る舞えるということだった。

シエナはシャワーを浴び、事故の前に買った柔らかいレモン色のスーツに手早く着替えた。スーツに合う黄色の靴をはくと、もう考えなおせないようにタクシーを呼び、待つ間に髪にブラシを入れる。タクシーはすぐに来た。シエナは車に乗りこみ行き先を告げた。

サボイに着いたときは、不安で胃のあたりがむかむかしていた。帰ってしまいたいとさえ思ったが、きちんとすべてに片をつけ、なるべく早く、なるべく苦痛の少ないように離婚するのがいいことなのだと自分に言い聞かせる。

アレクシスのルームナンバーを尋ねたとき、受付係があまりにびっくりした表情を見せたのでシエナは驚いた。「ステファニデスさまですね？」とき返したが、アレクシスが彼女の来訪を待っているのかどうか尋ねないのでまた驚いた。受付係はボーイを呼んで何事か小声で言った。

「こちらでございます」エレベーターは以前よくかよった階に止まり、ボーイが部屋に案内した。かぎを差しこみ、ドアを開けてくれる。シエナは礼を言って、中に入った。アレクシスがだれかを待っていて、受付に部屋に通すように命じておいたのかもしれない。ということは、彼は今、ここにいないということだ。彼に会って、すべてをきちんとしたいと思うあまり、こういう場合を考えるゆとりはなかった。いいわ、もう来てしまったのだし、遅かれ早かれ、彼は戻ってくる。待ってみよう。

いすに腰をおろすと、懐かしい部屋を見まわす。以前使ったタイプライターがまだある。

今はだれが使っているのだろう。シエナは立ちあがり、高ぶった神経を静めようと、いらいらと歩きまわった。と、ベッドルームからかすかな音が聞こえた。シエナは足を止め、耳を澄ます。ぞっとするような戦慄《せんりつ》が背筋を走った。だれかいるのかしら？　また、別の音がした。ドアが閉まっていて、はっきりしないが、うめき声のようだ。さまざまな情景が頭をよぎる。アレクシスが襲われ、傷ついて倒れている……だれかが押し入り……。

決心すると、シエナはドアを開け、そこで目にした光景に立ちすくんだ。アレクシスはたしかに、そこにいた。大きなダブルベッドに横になり、あごはひげが伸びて黒ずみ、目は閉じ、肌は高熱で紅潮し、シエナが入ってきたのにも、全く気づいていなかった。シエナはベッドに歩み寄り、彼をじっと見おろして唇をかんだ。手を伸ばし、肌に触れてみる。燃えるように熱く、かさかさに乾いている。これはただごとではない。普通の眠りではない。だが、ここで病気になって寝ているとは、どうしたのだろう。大金持なのに、ホテルのベッドルームにたったひとりで、だれにもつき添ってもらえず寝ているなんて、なんと孤独な人なのだろう。ベッドのわきにひざをつき、彼の額の黒い髪をかきあげ、「アレクシス」と声をかけても、熱に浮かされた眠りには届かない。このままにしてはおけない。医者を呼ばなくては。それもすぐ。シエナは隣の部屋に戻ると、受話器を取りあげ、きびきびと言った。「ステファニデスの家内ですが、主人が病気で、医者を呼んでいただきたいのです」

相手は一瞬黙り、それから当惑したように言った。「でも、先生はもうお着きになりました。十分ほど前にボーイがお部屋のほうへご案内しました……」受付係は言葉を切り、また言った。「失礼いたしました。何か手違いがありましたようで……先生は今、おいでになりました。どういうことか、よくわかりませんが」

「いいのよ」シエナは相手に優しく言った。これですんなり部屋に通されたわけがわかった。わたしを医者だと思ったのね！　彼女は笑みをもらした。わたしが医者のように見えるのかしら？

五分後、廊下に面したドアにノックの音がした。シエナは飛ぶようにして開けに行った。

「では、ご主人はまたお悪いのですね。ゆうべも働きすぎないようにと申しあげたのですが。高熱を出されましてね」医者はけげんそうにシエナを見た。「結婚していらっしゃるとは知りませんでしたが、そう伺えば、納得がいきます。奥さんのお名前は、もしかして、シエナとおっしゃるのではありませんか？」

「ええ、そうですけれど」

「ああ、では、ご主人が呼んでいらした方は、あなたなのですね……。けんかでもなさいましたか。どんなによいご家庭でも、そういうことはあります。今回は、少々時期が悪かったようですが。ご主人は気難しいところがおありですから、奥さんもつらいときもおありでしょう。旅行をなさるべきではなかったと、ゆうべも申したのですがね」

「あの……夫は、いったい、どんな具合なのでしょう？」シエナは眠ったままのアレクシスを診察している医者を見つめ、かすれた声で尋ねた。

「マラリアの後遺症です。十代のころ、南米でマラリアにかかったのが、たまに、再発するのです。ご主人は最近かなり無理をしてらしたのではありませんか。そういう場合、抵抗力が弱まることがあって、今回の症状がかなりひどいのもそのせいです。休んでいらっしゃるようにと申しても、聞こうとはなさいませんし。奥さんのおっしゃることなら、お聞きになるでしょう。注射を打っておきますが、朝になってもよくなっていなければ、お電話をください。お電話がなければ、明日の午後にお寄りします。少なくとも、三日間はベッドをはなれないように。その後も、しばらく静養する必要があります」

「ベストをつくします」震えながら、そう答えはしたが、アレクシスのこれからについて、どんな計画を立てる権利も自分にはないのだ。

「ここにいてあげられますね？　ひとりにしておいてはいけません。あたたかくしてあげてください。熱が出て汗をかくと、少しあばれるかもしれません。布団をはいでしまうというようなことですが」

「はい、もちろん、気をつけますわ」

　医者が帰ると、シエナはロブに電話で事情を説明した。不思議なことに、ロブはシエナが看病するつもりだと言っても、反対もしなかった。〝帰れるときが来たら、帰ってお いで〟というのが返事だった。

シエナは受話器を置き、ベッドルームに戻った。アレクシスは寝返りを打っていて、うつぶせになり、枕《まくら》に顔をうずめて眠っていた。背中がむきだしになっている。肌に触れてみると、まだ焼けるように熱い。シエナは思わずむきだしの肩に軽くキスをした。彼は体を震わせ、驚いたことに、シエナの名をうめくように呼ぶ。まつげが震え、一瞬、目を覚ますのかと思ったが、シエナがそっと手を置くと彼の体の緊張はゆるみ、静かになった。ぐっすり眠ったのを見届け、上がけをかけ、シエナはベッドルームを出てドアを閉めた。

隣の部屋で、アレクシスの大きな卓上日誌を見つけ、三日間の休養期間を置くため、予定をキャンセルしていく。すべきことを全部してから、ルームサービスに軽い食事を頼んだ。

〝もし、目を覚ましても、心配いりません。気がついても、ぼんやりしているでしょう。今、必要なのは睡眠です。睡眠は元気を回復するための最上の武器です〟と医者は帰る前に言っていた。

食事をする間、ベッドルームとの境のドアは開けておいた。アレクシスは前より落ち着いてきたようだ。シエナは本を手に取り、それに気持を集中しようとした。

病人が身動きしたのは真夜中すぎだった。目を開けた彼はシエナをまっすぐに見た。その目が輝き、シエナを驚かせた。

「シエナかい？」

シエナはベッドのそばに行った。「ええ、わたしよ。ここにいてもかまわないでしょう？」

「かまわないか、だって？」つらそうに笑う。「いてほしいんだ。きみは、まぼろしじゃないんだろう？　きみがいてくれたらと、ずっと思っていたものだから……」

「まぼろしじゃないわ、アレクシス」シエナは手を伸ばして彼に軽く触れた。「いいえ、起きてはだめよ。お医者さまが寝ていなければいけませんっておっしゃったわ。少し前に見えて、注射をして……」

「それで、看病するようにきみを呼んだのか？」

「来てほしくなかったのなら、悪かったわ。テレビで見て、会いたいと思ったものだから……」

「会いたいと思った？　いや、違う、シエナ、きみは自分からぼくのところへ来たいと望んだりはしない。これまで一度だって……。きみはミクロス島で、そのことをはっきりと立証したじゃないか」

そのにがにがしい、乱暴な言い方に、シエナは一瞬、黙ってしまった。彼を怒らせていたことは知っていた。だが、目の奥深く燃えているのがわかる、これほどの激しい苦しみを彼が感じ、体をむしばむほどひどく悩んでいるとは、夢にも思わなかった。

「アレクシス、あなたは病気なのだから……」

「そうさ、もちろん病気だとも」アレクシスは体を起こそうとして、上がけをどけた。薄暗い明かりの下で、体がかすかに光った。「ぼくの病気の原因を知ったら、面白がるだろうね。いい気味だと思うためにここに来たのか？　手に入れられないものを見せつけ、苦しめようとして、ここに来たのか？」

「アレクシス、あなたは自分が何を言っているのかわからないのよ」

「そうかな？」目が奇妙に光り、肌が紅潮している。「それとも、きみはぼくの話は聞きたくないということか？　それこそ、完全な罰だ。そうだろう、シエナ？　きみが愛の贈り物を進んで与えようとしたとき、ぼくは受け取ることを拒絶した。そして今、ぼくは門口に立つ物乞《ご》いになりさがり、夢見ることさえ許されないんだ！」

「アレクシス、あなたはわたしを愛していないわ」

「ぼくを拒んでいながら、きみはなんて心優しいんだ！」

アレクシスはあざけり、上がけをさらにはねのけた。シエナは医者の注意を思い出し、反射的にかがみこみ、上がけをかけようとした。指が偶然みぞおちのあたりのなめらかな、熱を持った肌をなでると、アレクシスは体を硬くし、シエナの手首をつかんで力をこめて押しのけた。体は震え、汗で肌が光っている。

「頼むから、触らないでくれ」しわがれた声でささやく。「ぼくを傷つけたくないものだから、きみを愛しているというぼくの言葉をきみは信じようとしないのだ。ぼくにはわかるんだ、シエナ、人を苦しませたくないんだな。きみをずっとぼくのもとにとどめておけると思っていたんだよ、きみがぼくを愛さなくなったことを忘れてしまうまで」

「でも、アレクシス……」

「いや」枕に頭を落とし、目を閉じたアレクシスの口の両わきに疲労が刻みこまれていた。

「いや、何も言わないでくれ。ぼくはきみを利用しようとした。だが、結局、ぼくの復讐《ふくしゅう》は自分にはね返ってきた。ぼくは自分に言い聞かせていた。ぼくがきみを抱いたのは肉体的な欲望と妹の復讐のためだ、とね。あの晩、コテイジで……」

「あの晩、あなたはほんとうのことを言ったわ」

「どんなほんとうのことをだ？」彼は目を開いて言った。シエナはその奥に見たものに、はっと息をのんだ。「きみに言ったことは、ぼくが自分に言い聞かせていたうそなのだ。ぼくが正気を保つために、自分に言い聞かせなければならなかったうそさ。きみを愛していた。でも、きみを愛している自分を自分で許すことができなかった。あのとき、ぼくはもう、とるべき道を決めていたのだから。父の墓前で、ソフィアの復讐を誓ったのだ。そして、そのあとで真実を発見した。ギリシア神話の恐ろしいほどの寓意がしみじみわかったのはそのときだ。テセウスの話を覚えている？」

シエナはうなずいた。この人は自分の言っていることがわかっているのかしら？　熱に浮かされているのかもしれない、と思いながら。

「テセウスはほかの子どもたちとともに、いけにえとしてクレタ島に送られた。出発前、テセウスは父親に一年以内に無事に帰ってくると約束した。父親であるアテネの王は、テセウスがクレタ島から脱出できたら、無事を知らせるため、船の帆を変えるようにと言った。クレタ島で、テセウスと仲間は、王の娘アリアドネの助けによって、怪物ミノタウロスの住居である迷宮から脱出できた。だが、脱出できたうれしさのあまり、テセウスは帆を変えることを忘れてしまった。そこで、船がアテネに近づくのを見た父親は、息子が死んだとばかり思い、自殺してしまったのだ。この話の教訓は、大事をなし遂げたり、大成功をおさめたときでさえも、人間の傲慢《ごうまん》を戒める女神ネメシスはじっとひそんでいて、我々が弱く、傷つきやすい人間にすぎないことを思い知らせる、ということだ――ぼくの場合、命にかかわるほど傷ついてしまった」

シエナはアレクシスの上に身をかがめた。彼が感じている苦しみを和らげたいと思い、涙で目がくもる。だが、彼は体をこわばらせてシエナを避けた。

「いや、触らないでくれ。わからないのか?」絶望的なうめき声だった。「きみに触れさえすれば、きみに対する欲望以外のすべてを忘れてしまうことが。ぼくをすっかりだめにしてしまいたいのか、シエナ？　それが、きみにとっての復讐というわけか？　ぼくは、きみにした仕打ちを思い出しながら生きてはいけない。きみの記憶が戻らなかったころ、きみがぼくを夫として……愛する人として、受け入れてくれたときを思い出すと眠れないんだ」アレクシスは目を閉じ、身震いした。熱が出ていた。

この言葉を信じていいのだろうか？　シエナはベッドを見おろした。あたたかい感情の波がシエナの中に押し寄せ、張りめぐらしていた誇りと苦しみの障壁を打ちこわした。彼の傷つきやすさに驚きを感じる。手を伸ばし、無精ひげの生えたあごに触れてみる。病気が治ったとき、自分の言ったことを覚えているだろうか。それとも、シエナに刺されたとげをそのままにして、傷がうむのにまかせておくのだろうか。シエナは自分のしたことをぬぐい去ることができるだろうか。〝きみはぼくに抱かれたいのだ〟と彼が言ったとき、シエナはそれを認めようとせず、彼を打ちのめしてしまった。たとえ、アレクシスがシエナを愛していることがほんとうで、シエナも彼を愛していることを認めても、まだ胸に刺されたとげをそのままにして、二人がともに暮らせるものなのだろうか？

「シエナ？」

「ここよ」

「ぼくを信じると言ってくれ。きみを愛している」低く、荒々しい声だった。「愛している」

「わたしも」

彼は首を振った。「違う――きみはぼくをかわいそうに思っているのだ。ぼくにその違いがわからないと思うのか？　もし、愛しているのなら、なぜ、ぼくのもとを去った？　いや、シエナ、あわれみをかけてくれてありがとう。だが、ぼくはあわれみは欲しくない。きみの言ったことは全く正しかった。きみは義務感からぼくにこたえた。だが、ひとたび真実を知ったきみは、ぼくの腕の中で氷のように冷たくなった。そしてぼくは、ああ、なんということをしたのだろう、きみを自由にするほどの度量も持ちあわせなかったのだ。ぼくの罪は、きみの兄さんが責められるべきだと思った罪より、千倍も重い。きみをレイプしたのだから」寂しげな言い方だった。その目に苦しみが宿っているのをシエナは見た。

「ぼくはきみを愛した。そして傷つけた」

「いいえ」首を横に振り、彼の手を探る。「あなたに抱いてほしかったの。あなたの言っていたとおりだったの、アレクシス」シエナを見つめる目は燃えていたが、シエナの言葉を信じていない。「今、あなたが欲しい」震える声でささやいても、なんの反応もない。どうしたら信じてもらえるだろう……シエナは体をこわばらせて彼を見、乾いた唇を舌で湿す。「どんなに欲しいか、見せましょうか？」

　彼は動かなかったが、突然、筋肉がこわばり、隠しおおせない欲望の暗い炎が目の中に燃えるのが見えた。シエナは心の中で、もし自分に守護天使がいるなら、今、見守っていてほしいと祈った。これからすることは、シエナの勇気のすべて、愛のすべて、そして、さらに多くのことを必要としていた。そして、もし、うまくいかなかったら……。

心を決め、シエナはアレクシスをじっと見たまま、手早く着ているものを脱いだ。隣の部屋の明かりを消しておけばよかった。これからしようとすることを、闇《やみ》が包み隠してくれればよかったのに。

すべて脱ぎ終わると、ひるまずにアレクシスに向きなおる。彼の目が欲望をあらわにして暗く光り、そして閉じられた。

わたしがこわしてしまったものをもとどおりにできるかどうかで、すべてが変わる——シエナは上がけをどけて、アレクシスの体をすっかりあらわにする。アレクシスを愛している、欲しいと言ったのだから、どれほど深くそう思っているかを彼に示そう。自分がこんなことをしようとは夢にも思わなかったが、やってみなくてはならない。

肩を指で優しくなで、そのあとをあたたかい唇でたどっていく。どんなに彼を欲しいか、のどもとにささやく。だが、彼はシエナの言葉を受け入れようともしなければ、こたえようとするそぶりも見せない。愛撫《あいぶ》を続けながらシエナは自分に言い聞かせる。最後の夜、この人にひどい仕打ちをしたのだし、自分の気持をたやすくわかってもらえるはずもない。そう思いながらも彼の体に触れ、惜しみなく愛を浴びせる。相手の欲求を目覚めさせたいというより、自分が相手に触れたいという欲求があることを知ってもらいたい。シエナの愛撫に彼のみぞおちのあたりが震え、抗議をするような、小さな声がもれる。彼の指の関節が皮膚の下で苦しそうに光り、それを見たシエナは、くじけそうになる自分をはげました。

「アレクシス、あなたがとても欲しい――お願い、愛して！」その告白のささやきがシエナ自身の苦しみを薄れさせる。はっと息をのむ音が聞こえた。唇で足の指を、てのひらでふくらはぎをなぞる。もう、わたしがほんとうのことを言っているとわかってくれたのではないかしら？

シエナは頭を上げ、アレクシスを見あげた。目は閉じられたままだ。愛撫は上のほうへと戻っていく。一つ一つの愛撫に気持をこめて。再びのどに戻ってきたとき、シエナの胸は緊張と、彼の心の苦しみに対する同情とで痛んだ。唇でのどにそっと触れる。シエナは力が抜けていくのがわかった。このまま続けていくことはできない。もし、相手がすぐこたえてくれなかったら。

「アレクシス、お願い、愛してほしいの……」

何を言おうかと考える必要はなかった。彼の顔に熱いキスの雨を降らしている間に、言葉のほうが熱っぽく飛び出していた。シエナは激しく震え、涙があふれた。絶望が感覚を鋭くしていた。愛してほしいと訴えながら、柔らかく、とろけるような体を押しつける。

「アレクシス、こんなに愛しているのに！」

アレクシスは体を動かし、腕をまわして抱きしめると、くるりとシエナの上になり、くぐもった声でささやいた。「本気で言っているのだな、シエナ。もし、うそをついているのなら、きみはぼくたち二人を破滅させることになるんだぞ」

シエナの肌に触れる唇は熱く、別れていた間、ずっとそうしてほしかったようなやり方で触れてくる。愛撫を待ちこがれている胸のふくらみの、苦しいほどの痛みを熱い口づけで和らげ、手はシエナの体をなぞる。

彼と一つになったとき、シエナは叫び声をあげた。彼と結ばれたうれしさに、取りとめのない愛の言葉をあえぎながら口にする。その唇を覆うアレクシスの口づけは、彼の体の飢えをそのままに伝えていた。

激しい、原始的な歓《よろこ》びがシエナを翻弄《ほんろう》し、体はアレクシスが屈服したことを喜び、その貪欲《どんよく》な反応にこたえる一方で、また反応をうながしていた。二人は同時に頂点に達し、アレクシスはシエナの名を呼んだ。その呼び方がシエナの痛む心をいやしてくれる。高みからおりてくるとき、アレクシスが愛していると言い、自分もそれに答えようとしたことをシエナはぼんやり覚えていた。だが、シエナは疲れはて、相手の体に沈みこんで、柔らかく守られていたいということだけが望みだった。


「おはよう。ほんとうにきみはよく寝たね！」シエナは向きを変え、アレクシスがにやっと笑ったのを見て、びっくりして大きく目を開けた。一瞬ぼうっとし、次に何もかも思い出した。きまり悪さに赤くなる。それも、うっすらとではなく、耳もとまで真っ赤になった。当惑の理由はわかっているとでもいうように、アレクシスは優しく笑い、顔を寄せると、柔らかいのどにそっと歯を立てた。「まだ愛している？」

シエナは目を伏せて答えた。「ええ」

「まだぼくが欲しい？」手がシーツの間をすべって、胸を探りあてる。「ぼくを欲しいということを見せてくれるかい？」

見あげた相手の目にあざけりの色はなく、ただいたずらっぽく面白がっているようすと、自分にとってただひとりの女性に、男としての力を示したことを喜ぶ満足の色が見えただけだった。シエナは心が浮きたち、まじめくさって言った。「わたしに見せてくださる？今度はあなたの番じゃない？」

その答えは彼を満足させたようで、シエナを抱き寄せると、のどもとにささやいた。「それなら、言い訳も……前みたいな拒絶もしないんだな。ぼくを欲しくないとか、愛してないとか、もう言わないんだな？」

「愛していることをわかってもらおうと、あんなに努力をしたあとで？」

アレクシスの目が躍った。「うーん、あんまりあっけなく、きみに屈服してしまったんじゃないかな。もう一度やりなおして、納得させてくれる気は、ほんとうにないのかい？」そう言ってシエナの体に手を伸ばす。

「あなたは病気なんじゃなかった？」彼がやっとはなしてくれたとき、シエナはそう言ってみた。

「そうだよ――きみを失ったのが病気の原因だったんだ」

「お医者さまはマラリアだと言ってらしたわ」

「ああ。だが、精神的にまいっていると重くなるんだよ、シエナ……」アレクシスは両手でシエナの顔を挟むと、急にまじめな顔になって言った。「なぜ、あんなことをした?」

なんのことを言っているのかはきくまでもなかった。「自分を守るには、あんなふうにするほかはなかったわ。あなたをほんとうに愛しているの、アレクシス。でも、あなたに愛されていないのに妻としてそばにいることはできない。だからあなたのもとを去るしかなかったの」

「そうだな」その一言は彼がすべてを了解したことを物語っていた。「きみが家から飛び出して、車の音が聞こえたときの気持といったら……。ああいうふうにきみと結婚すべきではなかった。でもあのとき、きみを手ばなすことはできなかった。回復したら最後、決して会ってくれないことがわかっているのに。そのときは記憶喪失のことはわからなかった。なんとかうまくいくだろう、ぼくの愛があれば二人には充分じゃないか、それにきみだって、ぼくに何か感じるものを持っていてくれるだろうと思った。きみを傷つけたことはわかっていた――それも、ひどく。でも、うまくやってみせると自分に誓ったんだ。きみの記憶喪失がわかったとき、ぼくは卑怯《ひきょう》な手段を用いた。かつては恋人で……ぼくを一度は夫として受け入れてくれたと思わせることにしたんだ」

「わたしたち、二人とも間違ったことをしたのね。お互いに正直になれなくて」

「それで、今は……」

「お医者さまは、あなたには休養が必要だとおっしゃっていたわ。少なくとも、三日間はベッドにいなくては、という診断よ」シエナはいたずらっぽく言った。「それから、ゆっくり、充分に休むこと、って」

「その休養というのは、三日間ベッドにいて、そのうえに、ということ？ それとも、三日もベッドにいたら休まなくては、ということかい？」アレクシスは澄まして尋ねた。

「シエナ、ゆうべのことだけれど……」シエナは恥ずかしさに体を丸くした。「ぼくは、きみのあわれみを受け入れてはいけないと自分に言い聞かせていた。ぼくのプライドはこの前、ひどく傷つけられたものだから……」

「それで？」優しくうながす。

「ああ、このかわいい魔女め！ ぼくの言いたいことはわかっているくせに！」アレクシスはうなり、顔が見えるように、シエナのあごを挟んで、上に向けた。「もし、きみにはほかに男がいないことを知らなかったら、きっと今ごろぼくは、ああいうことをきみがどこで習ったのかと考えていただろうね」

「ああいうこと？」

「愛を注いでくれたことさ。きみのすべてをささげてくれたことだ」

「あなたを欲しくないと言ったのはうそだったことをちゃんと納得してもらえなければ、わたしたちの愛はもう終わりだと思ったわ。それに、ほかに方法は思いつかなかったし。あなたにわかってほしかったのは、あなたを欲しいだけではなくて、どれほどわたしが……」

指がシエナの唇をなでた。「よくわかっているよ。でも、きみの口からもう一度聞きたい」

唇がシエナの唇にそっと触れ、はなれた。シエナは笑みを浮かべ、かすれた声で言った。

「アレクシス、愛しているわ。あなたが欲しい……アレクシス?」

「もう黙って。そして、ぼくに愛させてくれ。はじめて会ったとき、ほんとうは、こうしたかったんだ。こうしなくてはいけなかったんだ。そして、これから先もずっと」

●本書は1987年8月に小社より刊行された作品を文庫化したものです。

架空の楽園
2025年1月1日発行　第1刷

著　者　　ペニー・ジョーダン

訳　者　　泉　由梨子（いずみ　ゆりこ）

発行人　　鈴木幸辰

発行所　　株式会社ハーパーコリンズ・ジャパン
東京都千代田区大手町1-5-1
04-2951-2000（注文）
0570-008091（読者サービス係）

印刷・製本　中央精版印刷株式会社

 ISBN978-4-596-72066-5

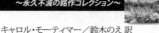

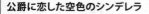

1月15日
発売

ハーレクイン・シリーズ 1月20日刊

ハーレクイン・ロマンス

愛の激しさを知る

忘れられた秘書の涙の秘密　アニー・ウエスト／上田なつき 訳
《純潔のシンデレラ》

身重の花嫁は一途に愛を乞う　ケイトリン・クルーズ／悠木美桜 訳
《純潔のシンデレラ》

大人の領分　シャーロット・ラム／大沢　晶 訳
《伝説の名作選》

シンデレラの憂鬱　ケイ・ソープ／藤波耕代 訳
《伝説の名作選》

ハーレクイン・イマージュ

ピュアな思いに満たされる

スペイン富豪の花嫁の家出　ケイト・ヒューイット／松島なお子 訳

ともしび揺れて　サンドラ・フィールド／小林町子 訳
《至福の名作選》

ハーレクイン・マスターピース

世界に愛された作家たち
〜永久不滅の銘作コレクション〜

プロポーズ日和　ベティ・ニールズ／片山真紀 訳
《ベティ・ニールズ・コレクション》

ハーレクイン・プレゼンツ作家シリーズ別冊

魅惑のテーマが光る極上セレクション

新コレクション、開幕！
修道院から来た花嫁　リン・グレアム／松尾当子 訳
《リン・グレアム・ベスト・セレクション》

ハーレクイン・スペシャル・アンソロジー

小さな愛のドラマを花束にして…

シンデレラの魅惑の恋人　ダイアナ・パーマー他／小山マヤ子他 訳
《スター作家傑作選》

X'mas

ハーレクイン小説 12月のラインナップ

Harlequin 45th Anniversary

祝ハーレクイン
日本創刊45周年

12/5刊

今まで言えずにごめんなさい。
あなたと私の秘密の絆のことを。

『秘められた小さな命』
サラ・オーウィグ

4年前に別れた元恋人ニックと仕事で偶然再会したクレア。
彼が2年前に妊婦の妻を亡くしたことにショックを受け、
自分の秘密を明かす——
彼の3歳の息子を育てていると。

(I-2829)

12/5刊

臨月で、男性経験なし。
ギリシア富豪の妻はまだキスも知らない。

『子を抱く灰かぶりは日陰の妻』
ケイトリン・クルーズ

人工授精により子を授かったコンスタンスはイブの夜、
ギリシア富豪アナクスから求婚される。
赤ん坊の父親は彼だったのだ。
だが、富豪は妻子を世間から隠すつもりで…。 (R-3926)

12/20刊

どうか、この小さな願いが、叶いますように……。

『クリスマスの最後の願いごと』
ティナ・ベケット

里子育ちのマディスンは魅力的な外科医セオに招かれ、
原因不明の病で入院中の彼の幼い娘を診ることに。
父娘に惹かれて心を寄せるが、
彼はまだ亡き妻を愛していて…。

(I-2831)

他にも話題作
続々発売中！